KB105138

귀환병사

요람 新무협 판타지 소설

FANTASTIC ORIENTAL HEROES

귀환병사 9

요람 新무협 판타지 소설

초판 1쇄 찍은 날 § 2014년 3월 25일
초판 1쇄 펴낸 날 § 2014년 4월 1일

지은이 § 요람
펴낸이 § 서경석

편집부장 § 권태완
편집책임 § 이효남

펴낸곳 § 도서출판 청어람
등록번호 § 제387-1999-000006호
등록일자 § 1999. 5. 31
어람번호 § 제2-2481호

주소 § 경기도 부천시 원미구 부일로 483번길 40 서경B/D 3F (우) 420-822
전화 § 032-656-4452 팩스 § 032-656-4453
http://www.chungeoram.com
E-mail § chungeorambook@daum.net

ISBN 979-11-5681-953-0 04810
ISBN 978-89-251-3414-7 (세트)

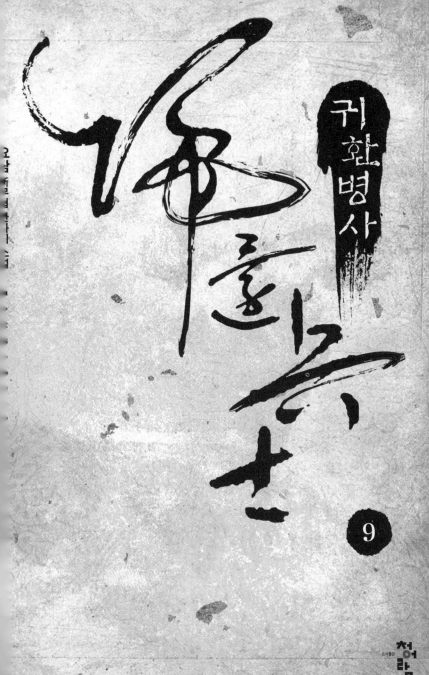

귀환병사

9

도서출판 청어람

目次

第七十九章 광기(狂氣)

귀환병사

이번에는 무린이 먼저였다.

득달같이 달려들어, 흠칫하는 사자대원의 어깨를 내려찍었다.

경직된 그 순간 내려찍어 어깨가 거의 파괴 직전까지 갔다.

"크악! 크으, 아아악!"

처절한 비명이 객잔을 울렸다.

피어오르는 무린의 살기. 아니, 살기보다는 광기에 가깝다.

번들거리는 눈동자는 현재 무린의 의식이 제대로 중심을

못 잡고 있다고 말하고 있었다.

꿀꺽.

갑작스러운 무린의 변화에 팽가의 무인들은 긴장했다.

목울대를 타고 넘어가는 침소리가 고요 속에 울렸다.

스윽.

무린의 신형이 천천히 도는가 싶더니, 어느새 벼락처럼 앞
으로 쇄도했다.

깡!

"큭!"

원심력을 가득 실어 후려친 창대.

그 공격에 표적이 된 사자대원이 반사적으로 도를 뽑아 막
았지만 손목이 짜르르 울리고, 금세 도병을 잡은 손바닥 안쪽
이 홍건해졌다.

볼 것도 없었다.

찢어진 것이다.

비틀거리며 물러나는 사자대원에게 무린의 오른발이 벼락
같이 쏘아져 나갔다.

사자대원은 도를 놓고 손을 들어 막았다.

우직!

"큭!"

막았지만 팔은 부러져 버렸다.

그리고 어마어마한 힘에 그대로 바닥에 처박히고, 이내 부들부들 떨었다.

순식간에 둘이나 잡은 무린이 다음 목표를 물색하느라 전방을 훑었다.

장내를 가득 채운 팽가의 무인들은 그 서늘하고 광포한 눈빛에 순간 움찔했다.

"대협! 그만 하십시오! 이런다고 상황이 달라지지 않습니다!"

팽연성이 앞으로 나서 무린의 앞을 막고 소리쳤다.

"달라진다."

"네?"

"내 가족을 건드린 대가를 받을 테니… 달라진다."

"……."

스르르 올라가는 입꼬리와 그 말에, 팽연성의 얼굴이 흠칫 굳었다. 그리고 인상을 찡그리는 동시에 헛바람을 삼켜야 했다.

"헉!"

어느새 전방에 나타난 무린.

무린의 손에 쥐어진 철창이 내질러지고 있었다. 단순한 찌르기였지만, 쩡! 소리를 내고 팽연성이 도집의 면으로 막았을 때 울린 소리는 결단코 단순한 찌르기로 나오는 소리가 아니었다.

"큭! 대협, 정말······!"

"네 가족을 인질로 잡아봐라. 나는 네놈들 전부의 목을 따, 팽가의 정문에 걸어주겠다."

팽연성의 말에 무린은 잔인한 말로 응수하고, 다시금 철창을 당겨 잡았다. 재차 쿵! 하는 진각과 함께 뻗어 나오는 무린의 철창을 팽연성도 마주 막았다.

쩡!

주르륵!

북소리가 터지고, 팽연성이 뒤로 급격히 밀렸다. 내력의 차이도 차이지만, 내력의 성질 자체와 현재 전력을 다하고 있고, 없고의 차이가 극심하게 나고 있었다.

팽연성은 무린을 생포하려고 했다.

첩자라면 중요한 비밀을 잔뜩 알고 있을 거라 판단했기 때문이다. 물론 그 판단은 수뇌부에서 나온 판단이다.

그래서 전력을 다하지 못하는 팽연성.

애초에 잘못된 판단을 하고 있었다. 무린을 잡으려면 팽연성 혼자로는 결단코 안 된다. 팽연화도 안 된다.

둘이 같이 덤벼야 그나마 승산이 있을 것이다.

같은 절정이라고 다 같은 절정지경이 아니기 때문이다.

죽을 고비를 수없이 넘긴 무인과, 같은 경지지만 평화롭게 수련으로 그 경지에 오른 무인이 붙는다면 승자는 거의 십 할에 가깝게 전자의 무인이 이길 것이다.

생사결이라면 말할 것도 없다.

쩡!

쩌쩡!

"큭!"

무린의 철창을 막는 팽연성은 계속해서 신음을 흘리며 물러났다. 그는 전신의 요혈, 가격당하는 즉시 치명상에 빠질 만한 위치만 공략하는 무린의 공격을 겨우겨우 막고 있었다.

애초에 살기 위해 남을 죽이는 방법을 배운 무린이다.

그러니 결코 그의 일반적인 공격을 허투루 볼 수 없었다.

쉬익!

반원을 그리고, 물수리처럼 아래에서 위로 급격히 치고 올라오는 무린의 창이 팽연성의 낭심을 노렸다.

"크윽……!"

그에 팽연성은 신음을 흘리며 물러났다.

무인이라면 금기시된 공격이다.

무인이 사내라면 낭심, 여인이라면 마찬가지로 낭심과 가슴. 결코 이 두 부위를 공격하지 않았다.

그건 오래전부터 내려온 강호의 불문율과 같았다.

하지만 무린은 아니었다.

지금 무린의 목표는 하나였다.

오직…….

팽연성의 목.

자신의 가족을 위협하려는 자의 목이 필요할 뿐이다.

물러나는 팽연성보다 빠르게, 무린이 달려들었다. 극성으로 끌어올린 삼류의 내력이 무풍형을 가히 신속으로 만들어 줬다.

슥.

쩌정!

비수처럼 틀어박힌 좌장에 옆구리를 강타당한 팽연성이 팅기듯이 날아갔다. 다만, 치명상은 아니었다.

뒤로 신형을 일부러 띄운 것도 있고, 내력을 돌려 무린의 좌장에 실린 삼류의 내력을 대부분 해소했기 때문이었다.

제대로 격중 당했다면 날아가는 것에 끝나지 않고, 옆구리부터 아예 흉측한 구멍이 뚫렸을 것이다.

그 같은 사실을 깨달은 무린은, 형편없이 바닥을 구르는 팽연성에게 재차 몸을 날리려고 했다.

막는 팽가의 무인만 없었다면.

"소가주님을 보호해!"

"포위해!"

부대주로 보이는 자들의 외침에, 무린의 눈빛이 또다시 섬

뜩하게 빛났다.

강하다. 감각적으로 그 둘이 강하다는 것을 느낀 무린이었다.

딱 보아도 팽연성, 팽연화 이 두 애송이보다는 강한 부대주들의 외침에 무린은 즉시 움직였다.

푹!

"아악!"

미쳐 자리를 잡기도 전에 뛰어든 무린의 철창이 팽가 무인의 어깨에 틀어박혔다.

원래는 심장을 뚫으려고 했지만 그가 마지막 순간 상체를 급히 눕히는 바람에 어깨에 박힌 것이다.

푸확!

철창을 뽑자 피가 분수처럼 솟았고, 그 때문에 무인은 어깨를 부여잡고 비틀거리며 물러섰다.

그에 생긴 공백, 그 틈.

무린이 놓칠 리가 없었다.

극성의 무풍형. 그 신위로 공간을 스르르 빠져나간 무린이다. 포위? 그가 기억하는 전장수칙에는 반드시 피해야 할 일이다.

또한, 이미 흑산에서 지긋지긋하게 당했기에 포위라면 이제 아주 치가 떨렸다.

"막아!"

뒤늦게 부대주로 보이는 자가 소리쳤지만 어느새 무린은 빠져나가고 있었다. 그것도… 철창을 휘두르면서.

스악!

"큭!"

날카로운 창날이 허벅지를 스치고 지나가자, 살이 한 움큼이나 베인 팽가 무인 하나가 그 자리서 무릎을 꿇었다.

하지만 이건 다행인 일이었다.

급히 빠지지만 않았다면 아예 뼈까지 동강을 냈을 것이다. 그러니 살만 베이고 끝난 게 그 무인에게는 다행이었다.

그런 신위를 보여주는 무린을 보며 팽가 무인의 얼굴은 급속도로 굳어갔다.

설마, 무린이 이 정도일 줄은 몰랐던 것이다.

하지만 이는 당연한 일, 지극히 당연한 일이었다.

애초에 사자대, 오호대 무인들의 경지와 무린의 경지는 그 자체가 달랐다.

거기다가 실전의 경험 자체도 아예 수배 이상이나 차이가 났다. 그러니 이들이 사나운 들개 떼라고 하더라도 무린이 너무나 강한 산중지왕 호랑이니 결코 상대가 될 수 없는 것이다.

도가 벼락처럼 무린의 정수리로 떨어졌다.

마치 환영처럼 여러 갈래로 떨어지는 그 도를 무린은 가볍게 피해냈다. 환영 중에 살기는 겨우 하나.

피하기는 간단한 일이었다.

도가 허무하게 무린이 있던 공간을 그었을 때, 옆으로 피했던 무린이 오른발을 살짝 들었다가, 쭉 뻗었다.

휙 날아간 무린의 발이 그대로 도를 미처 회수하기 전인 사자대원의 어깨를 걷어찼다.

우득! 하고 뼈가 박살 나는 소리가 들리고, 역시 그 반탄력에 팅기듯이 날아가 바닥을 굴렀다.

"뭣들 하나! 적은 하나다! 어서 포위진을 완성해!"

"공간을 좀 넓혀! 포위가 먼저야!"

부대주들의 외침에 무린은 웃었다.

포위.

한 사람을 가두고, 생포, 혹은 척살하는 데 가장 적합한 전법이다. 무린도 많이 해봤고, 당해봤기에 잘 안다.

그래서 포위의 약점도 안다.

지금처럼, 대주보다 강한 부대주들이 가만히 명령만 한다면…….

결국, 압도적인 힘 앞에 산산이 해체될 것이다.

빡!

발이 지면으로 내려오고 상체를 비스듬히 숙이며 후려친

창대가 다시 무인 하나의 정강이에 작렬, 끔찍한 소리를 만들었다.

악! 하고 비명을 지르는 사자대원은 무시하고 무린은 다음 목표를 잡았다. 한 발 물러나는 바람에 그 공격에서 피한 사자대원이다.

쉬익!

손목의 탄성으로 왔던 공간을 다시 가로질러 올라가는 철창.

스아악!

창날이 허리부터 반대쪽 어깨까지 깔끔히 베어버렸다.

어어, 하고 물러나다가 잠시 후 푸확! 하고 피가 터졌다.

일말의 망설임이 없는 잔혹한 손속.

그러나 이 모든 것은 정당방위다.

위협은 저쪽이 먼저 했고, 가족을 붙잡겠다는 협박조차 저쪽이 먼저 했다. 결코 무린이 악한 게 아니었다.

물론, 무린은 그런 생각조차 하지 않고 있었다.

"……."

침묵한 채 다음 목표를 찾는 무린.

혼심에 장학된 무린은 여전히 무시무시하기만 했다.

저벅, 저벅. 옆으로 걸어가 꿈틀거리는 사자대원의 어깨를 발로 짓밟았다.

우드드득!

"으아아악!"

처절한 비명이 객잔을 울렸고, 이 잔혹한 행위에 사자대원의 얼굴에 경악이 서렸다. 이미 전투력을 잃은 무인이었다.

그런 자에게 저런… 무인으로써의 인생에 끝을 고하는 사형선고를 내려 버린 무린이다.

그러나 그러거나 말거나, 무린의 고개가 어깨를 잡고 부들부들 떨고 있는 무인에게서 떨어져 다음 목표를 향했다.

일그러진 무린의 얼굴에 겁을 집어먹었을까?

객잔 안을 가득 매운 팽가의 무인들은 무린의 살벌한 시선에 한 발자국 저도 모르게 물러나고 말았다.

그만큼 현재 무린의 기세는 무시무시했다.

잘 정돈된 무린은 이미 사라졌다.

혼심에 장학당한 무린만이 있을 뿐이었다.

우지직.

적막함을 깨는 소리가 들렸다.

모두의 시선이 그 소음의 진원지로 향하니, 비틀거리며 입가에 피를 닦고 있는 팽연화가 보였다.

이글이글 불타는 시선은 무린을 향해 있었다.

일그러진 그 얼굴이 현재 팽연화가 얼마나 분노했는지를 보여줬다.

퉤!

검붉은 액체를 뱉어낸 팽연화가 무린을 보며 중얼거렸다.

"개자식이······."

명가의 여식치고는 험한 그 말.

하지만 그녀가 이러는 이유야 당연히 수치, 분노 때문이다. 언제 그녀가 이런 경험을 해봤을까?

잘 자란 화초이니 아마 없었을 것이다.

"말했을 텐데······."

무린이 반응을 했다.

번들거리는 눈동자가 팽연화를 향하면서 다음 말을 이었다.

"그 주둥이 열면 꿰매버리겠다고······."

이성이 남아 있다?

맞다.

무린의 이성은 있다.

다만, 혼심에 완전히 장악되어 평소 무린의 침착한 이성과는 완전히 다른 이성이 자리 잡고 있었다.

"꿰매? 꿰맨다고? 이 개새끼··· 해봐. 어디 한 번 해봐!"

팽연화의 신형이 그 말과 함께 사라졌다. 아니, 사라진 것처럼 보였다.

잔상이 일렁이더니 좀 전과 같이 섞이고 퍼졌다.

팽가 비전, 혼원보였다.

동시에 벼락처럼 떨어지는 도.

기음이 터졌다.

공기가 터지고, 도를 타고 흐르는 내력이 서로 충돌해 생기는 파열음.

그건 산중제왕의 포효와 비슷했다.

크와왕!

심신을 지배하는 범의 포효와 함께 무린의 정수리로 떨어지는 팽연화의 도. 이 또한 팽가 비전 오호단문도다.

쩡!

그러나 무린의 철창이 휘둘러지며 그 도를 그대로 튕겨냈다. 튕겨나간 도의 힘에 이끌려 팽연화의 신형이 팽이처럼 빙글빙글 돌았다.

하지만 아까처럼 바닥을 구르지는 않았다.

부복을 하듯이 겨우 착지한 팽연화.

"피해!"

멀리서 겨우 신형을 추스르고 있는 팽연성의 외침에 팽연화가 급히 고개를 더 숙이고 바닥을 굴렀다. 그리고 그 자리에 벼락처럼 꽂히는 무린의 창.

쾅!

쩌저적!

내려박힌 철창에서 흘러나온 내력이 객잔의 바닥에 거미줄 같은 균열을 만들었다. 관통이 아닌, 파괴의 성향이 가득 담긴 내력이었다.

피하는 게 조금만 늦었어도 팽연화의 육체는 걸레처럼 찢어졌을 것이다. 바닥을 구른 팽연화가 일어나면서 급히 신형을 뒤로 물었다.

사삭.

그러나 어느새 무린은 팽연화의 전면에 도달해 있었다.

큭.

비릿한 미소와 함께 무린의 왼손이 움직인다. 당겨지는 어깨, 이윽고 근육의 제어가 풀리며 시위를 떠난 화살처럼 앞으로 쏘아져 나갔다.

당황.

그 순간 팽연화의 동공가득 자리 잡은 감정은 당황이었다. 너무 빠르다. 너무 강하다. 압도적이다.

그런 이유가 반이고.

죽는다.

저 왼손에…….

맞는 순간 자신은 죽는다.

그걸 제대로 깨닫고 있었다.

하지만 피할 수가 없었다.

이미 어느새 면전에 도착한 무린의 좌장은 그녀의 얼굴을 치기 일보직전이었다.

팽연화는… 눈을 질끈 감았다.

"형님! 안 됩니다!"

그 외침에 무린의 좌장이 진로를 바꿨다.

챙!

푹!

튕겨 나간 비도가 객잔의 나무 벽에 손잡이만 남기고 처박혔다.

쿵.

팽연화는 그대로 뒤로 넘어져 엉덩방아를 찧고 말았다. 그런 팽연화를 잠시 내려다보던 무린이 비도를 던진 자에게 시선을 돌렸다.

"무슨 짓이지. 운삼?"

서늘하다 못해 한기가 뚝뚝 흐르는 무린의 목소리가 그 뒤를 이었다.

       *   *   *

운삼은 느꼈다.

제대로 대답을 못하면 무린은 아마 자신에게도 저 지독한 살수를 날릴 것이라고.

상인으로써 길러진 날카로운 감이 비명을 지르듯이 그와 같은 사실을 경고하고 있었다.

후우.

심호흡이 끝남과 동시에 운삼이 말했다.

"형님, 진정하십시오."

운삼은 그렇게 말하며 무린에게 한 발자국 내딛었다. 하지만 그게 끝, 더 이상 무린에게 다가갈 수 없었다.

쏟아지는 살기.

아니, 광기.

"크윽……."

마치 야차와도 같은 광기에 운삼의 얼굴이 절로 찌푸려졌다.

"무슨 짓이냐고 물었다. 운삼."

"형님……. 큭!"

운삼의 신형이 휘청거렸다.

그는 무공이 강하지 않았다.

그렇기 때문에 지금 무린이 퍼뜨리는 광기에 대항할 수가 없었다.

턱이 달달 떨리고, 하체가 부들부들 흔들렸다.

수많은 전장 경험이 있는 운삼조차, 이 무지막지한 광기에는 속수무책이었다.

"말해라, 운삼. 왜 나를 막았지?"

무린의 고저 없는 목소리에 운삼은 온몸의 기력을 쥐어짰다.

대답해야 한다. 대답하지 못하면… 지금의 무린이 자신을 베어버릴 것을 예감한 것이다.

"아, 안 됩니다. 형님……."

"무엇이?"

그 말에 반문하는 무린.

역시나 감정이 거의 없다.

운삼은 이런 무린을 처음 보았다.

언제나 옳은 방향을 보던 무린이다.

그 방향으로 가기 위해서는 누구의 조언도 소중하게 듣는 사람이다.

또한 그 자신이 옳은 방향으로 가기 위해 생각에 생각을 쉬지 않던 사람이다.

제대로 된 배움을 받은 병사.

그게 운삼이 본 무린이었다.

근데 지금은 아니었다.

상인으로써 날카롭게 단련된 직감이 전해온다.

대답하지 못하면, 만족스러운 대답을 하지 못한다면… 목은 떨어지리라.

피한다? 어림도 없는 소리.

객잔을 가득 매운 팽가의 무인을 뒤에 두고, 그들이 반응도 못하게 단 몇 수만에, 팽연화라는 고수를 죽기 일보직전까지 몰았다.

자신이 막지 않았다면, 팽연화는 단언컨대… 무조건 죽었다.

아니, 막은 것 자체가 기적이었다.

생각해라.

못하면 죽는다.

등 뒤로 소름이, 머릿속으로 전율이 일었다.

이게, 이게 자신의 대주였나?

이런… 사람이?

이렇게 무시무시한 사람이?

이유?

안다.

가족의 이야기가 나오고 나서부터 무린이 변했으니까. 무린이 확 변해버린 이유를 운삼은 알았다.

하지만 그래도…….

지금 팽연화를 죽여서는 안 된다.

"형님… 참으셔야 됩니다…….”

겨우겨우 쥐어짜내 말을 꺼냈다.

그러나 무린의 반응은 여전히 한결같았다.

스윽.

"그러니까, 왜 참아야 하지?"

그 말이 끝난 뒤 무린의 창날이 어느새 팽연화의 목에 닿았다. 그에 팽가의 무인들은 정신을 차렸다.

"대주를 지켜!"

사사삭!

오십에 가까운 팽가의 무인들이 무린을 다시 둘러쌌다.

그러나 이미 팽연화를 인질로 잡은 무린은 이번 포위에는 아무런 움직임도 보이지 않았다.

하지만, 이 행동은 결코 좋은 행동일 수 없었다. 그래서 운삼의 얼굴이 순식간에 무참히 일그러졌다.

"이 병신들이⋯⋯!"

이 멍청한 것들이 오히려 무린의 화를 더하고 있었다. 오히려 더욱 활활 타오르게 만들고 있었다.

피식.

비릿한 미소가 무린의 입가에 번져갔다.

팽가 무인들의 등, 겹겹이 쌓였지만 작고 작은 틈새로, 운삼은 그런 무린의 미소를 보고 말았다.

안 돼!

"포위를 풀어! 이 병신들아! 니들 대주 죽일 셈이야!"

쩌렁쩌렁 울리는 운삼의 외침.

그러나 팽가의 무인들은 요지부동이었다.

오히려 남은 무린을 포위하고 남은 무인들이 운삼, 김연호와 연경, 그리고 역광과 마광경을 둘러쌓다.

그에, 운삼의 얼굴이 싸늘히 식어갔다.

분위기 파악 못하는구나.

진정…….

운삼의 시선이 팽연성의 얼굴로 향했다.

마침 자신을 바라보고 있는 팽연성에게 운삼이 나직하게 얘기했다.

"여기서… 다 같이 죽자는 거냐?"

지금의 무린이라면.

여기 있는 팽가의 무인 전체를 몰살시킬 수 있다는 것을.

파악하지 못한 거냐?

그 정도로… 대가리가 안 돌아가나?

팽가의 후예여?

*   *   *

"사자대와 오호대는 물러나라."

형편없는 몰골이 된 팽연성의 말이 흘러나왔다.

팽연성의 말에 팽가의 무인들이 모두 팽연성을 바라봤다. 마치 자기가 잘못 들은 게 아니냐는 얼굴로.

그에 팽연성의 얼굴이 다시 찌푸려졌다.

"너희들이 연화를 구하기 전에 저 창이 목을 먼저 꿰뚫을 것이다! 연화를 죽일 셈이냐! 모두 물러나!"

"…예."

팽가의 무인들이 무린의 포위를 풀었다.

다행이었다.

둘의 성격이 참으로 달라서.

팽무성의 딸인 팽연화.

팽무도의 아들인 팽연성.

팽무도와 팽무성의 성격이 다르듯이 팽연성과 팽연화의 성격도 판이하게 달랐다. 부전자전이라는 말처럼, 각자의 부친의 성격을 빼다 박은 것이다.

가주인 팽무도의 성격을 딱 닮은 팽연성은 현재, 상황이 매우 어렵게 흘러가고 있다는 것을 알았다.

무린의 가족을 잡는다?

그전에 연화가 먼저 죽는다.

저 눈, 저 기세.

모조리 진짜다.

아니, 그전에 이미 자신조차 죽을 뻔하지 않았던가. 무린의 좌장을 제대로 흘려내지 못했다면 그 한 방에 자신은 이승을 하직했을 것이란 걸 팽연성은 잘 알고 있었다.

그러니 확신하는 팽연성이다. 무린은 지금 연화를 진심으로 죽이려 하고 있었다.

칼자루를 이미 빼앗겼다. 그러니 들어줘야 한다.

"다행이군. 그나마 당신은 대가리가 돌아가서."

이죽거리는 운삼의 말에 팽연성은 한숨을 내쉬었다. 어쩌다가… 이렇게 됐을까. 증거를 포착하고 무린을 연행하러 왔다.

세가의 정보각이 무린, 그의 수하들이 무린을 만나러 간다는 정보도 전해왔다. 그래서 그 뒤를 밟았다.

어디서부터 잘못됐을까.

처참하게 바닥을 구르고 있는 수하들과, 무린의 창날에 목을 맡긴 연화가 일그러진 두 눈에 담겼다.

"당신의 이름은?"

"운삼."

"운삼?"

"설마 모르오? 몇 해 전 당신가문의 팽가 상단을 재끼고 내가 황실의 홍삼교역권을 따냈는데."

"아……."

북방상단?

그 중얼거림에 운삼은 고개를 끄덕이며 말했다.

"일단, 하나 묻겠소."

"……."

침묵은 긍정이라 생각하고 운삼이 물었다.

"여기는 어떻게 알고 왔소?"

"세가 정보각에서 정보를 알려왔다. 당신이 진 대협을 만나러 가고 있다고."

푸핫.

그 말에 즉각 운삼의 입에서 웃음이 터졌다.

그에 얼굴이 찌푸려지는 팽연성.

"팽가의 정보각이 나의 위치를 잡는다? 북방상단주인 나의 위치를? 그거 지나가던 개가 웃을 일이군."

"……."

"이보쇼, 팽가의 후계자 양반. 내가 운삼이오. 북방상단의 단주인 운삼. 내 위치를 당신네들 팽가의 정보각이 잡을 수 있을 것 같소? 천하의 남궁가도 내 위치를 잡지 못했거늘?"

"말이… 심하군."

운삼의 거침없는 질타에 팽연성의 얼굴이 굳어졌다.

그는 팽가의 후계.

팽가를 모욕하는 발언을 참을 수 있을 리가 없었다. 하지만 후계의 자리에 있기에 참아야 했다.

섣부른 행동이 어떤 참상을 가져오는지, 아주 잘 알기 때문이었다.

운삼이 힐끔 무린을 봤다.

다행이다.

무린은 현재 둘의 대화를 듣고 있었다. 고개를 돌리지 않고 팽연화를 내려다보는 그 자세 그대로지만 운삼을 느낄 수 있었다.

운삼의 입이 다시 열렸다.

"황실을 대신해서 교역권을 얻은 나요. 당연히 나의 정보, 위치는 동창에서 막아주지. 물어보겠소. 팽가의 정보력이 동창의 정보력을 이길 수 있을 것 같소?"

"……."

팽연성은 아무런 대답도 하지 못했다.

"거기다가 상인연맹에도 가입되어 있어 그쪽에서도 내 정보를 조작, 통제하고 있소. 또 물어보겠소. 동창과 상인연맹의 정보력보다 당신네들의 정보각이 우세하오?"

"……."

이 말에도 대답하지 못하는 팽연성이었다.

아무리 오대세가의 일좌이고, 거대한 세를 유지하고 있다지만 동창이나 상인연맹의 정보력에 비하면 팽가의 정보각은 아기 수준이다.

특히 동창.

중원 전 지역을 관리하는 그 엄청난 조직 앞에 팽가는 그저 무력할 것이다.

"말 못하겠지. 한참이나 부족하다는 걸 잘 알 테니까."

"……."

"그럼 다시 묻겠소. 대체 그럼 나의 위치를 팽가의 정보각이 어떻게 알았을까……?"

"……."

팽연성은 대답하지 못했다.

생각해 본 적이 없다.

하지만 지금은 해야 했다.

저자가 정말 북방상단의 단주라면, 그 위치를 결코 세가의 정보각이 알아서는 안 된다. 동창과 상인연맹에서 숨겨주는데, 그걸 아는 순간 부조화가 생겨난다.

그런데 세가의 정보각은 알려왔다.

"아……."

팽연성은 머리가 나쁘지 않았다.

그리고 동시에 등 뒤로 소름이, 너무나 비릿한 전율이 일었다.

시선에 잡히는 운삼, 그의 입매가 비릿하게 말려 올라갔다.

"내가 보기엔… 간자는 당신들 가문에 있는 같은데 말이오."

"그, 그럴……."

"부정하는 거요?"

"……."

부정하냐는 그 말에, 팽연성의 입이 다시 꾹 다물렸다.

옳은 것만 배운 팽연성. 그의 가치관과 기준에 어긋나 버렸다.

운삼의 말을 듣는 순간, 팽연성은 이미 심적으로 엄청 흔들리고 있었다. 그때 팽가 무인 하나가 돌아가는 상황을 보다가, 발작적으로 외쳤다.

"다, 당신이 북방상단주라는 걸 어떻게 증명하지!"

피식.

운삼은 그 외침을 대놓고 비웃었다.

그리고 품에 손을 넣어 뭔가를 던졌다.

쨍그랑.

정확히 팽연성의 앞에 떨어진 그 물건에 모두의 시선이 모였다.

맞다.

확실하다.

황제의 인장.

정확히는 황제가 황실의 일은 맡은 가문에게 전해주는 인장. 팽가도 몇 번 쥐어본 적이 있기에 모를 리가 없었다.

확실해졌다.

운삼이 북방상단주라는 사실이.

"자, 다시 한 번 물어보지. 어떻게 알았지, 나의 위치를?"

"……."

팽연성은… 대답하지 못했다.

하지만 이미 머리는 깨달아가고 있었다.

자신의 가문에… 첩자가 있다는 사실을.

*   *   *

운삼이 무린을 막은 건 기적이었다.

그렇게밖에 설명할 수가 없었다. 말했듯이 지금 무린이 보여주는 무력은 상상을 초월하고 있었다.

운삼은 아무리 상황이 꼬였어도, 지금 이 순간 무린이 팽연화를 죽이면 어떤 후폭풍이 올지 이미 계산이 끝난 상태였다.

그 후폭풍은 결코 좋은 방향으로 오지 않을 것이다.

무린에게 향한 오해가…….

아니.

'모략이지.'

무린을 겨냥한 모략에 오히려 힘을 더해줄 것이다. 왜 이런 모략이 무린에게 향했을까. 운삼은 그 이유를 알 수 있을 것 같았다.

'중천검왕을 구해낸 게 이유야.'

그들은 이 정마대전의 시작을 중천검왕의 목으로 시작하려 했다. 실제로 중천검왕은 그 끝까지 몰렸었다.

하지만 그걸 무린이 구해냈다.

그에 대한 복수.

'이걸로 형님의 분이 좀 가라앉아야 하는데.'

힐끗.

시선을 살짝 돌려보니 아직도 무린의 창날은 미동도 없이 팽연화의 목에 닿아 있었다.

하지만 운삼은 안도의 한숨을 쉬었다.

다행히 객잔을 압박하던 광기, 그 전투적인 기세가 상당히 수그러들어 있었다.

그건 곧 화가 어느 정도 가라앉았다는 뜻.

그건 운삼과 팽연성의 대화에서 무린이 어느 정도 눈치를 챘다는 것이다.

'다행이야. 완전히 이성을 잃은 건 아니어서.'

휴우.

완전히 끊어졌다면, 아마 미쳐 날뛰는 광인이 되어야 정상
이다. 하지만 무린은 그 폭발적인 광기를 뿜어내면서도 이성
을 어느 정도 차리고 있었다.

끊어지긴 했지만, 완전히 끊어진 것이 아니었던 것이다.

운삼은 다시 입을 열었다.

"인정하시오?"

"……"

팽연성은 입술을 질끈 깨물었다.

자신의 가문에 간자가 있다는 사실을 이미 깨닫고도, 그걸
인정할 수가 없는 현실이 그의 말문을 막은 것이다.

원래, 치부라는 것이 그렇다.

남의 치부라면 들추고 싶지만, 나의 치부라면 감추고 싶은
것. 그건 세속을 초월한 성인이 아니라면 누구나 그럴 것이
다.

팽연성은 성인이 아니다.

속세를 초탈한 선인도 아니다.

그러니 이미 깨닫고도, 인정하지 못하고 있는 것이다.

"그만 인정하시오. 내가 이것 말고도 더욱 많은 것을 얘기
할 수 있지만… 보는 눈이 많아 참고 있소."

"보는 눈? 아……"

누구를 지칭하는 것일까.

볼 것도 없다.

바로 사자대와 오호대다.

팽연성은 그 말에도 반박할 수 없었다.

이미 팽가에도 간자의 존재가 거의 입증된 상태. 그것도 결코 낮지 않은 직급일 것이다.

그런 상황이니 오호대와 사자대도 의심의 시선을 벗어날 수가 없다.

단, 한 명으로는 첩자 활동을 할 수 없으니 분명 조력자가 있을 것이다.

그렇다면 어디에 있을까?

어느 정도 활동이 자유로운 자여야 할 것이다. 그리고 만에 하나를 대비해 무력도 갖추고 있어야 할 것이다.

오호대와 사자대.

세가의 주력 무력단이다.

그러니 자유로운 활동이 보장되어 있고, 무력도 당연히 수준급이다. 모든 조건을 완벽히 갖추고 있었다.

"감히 우릴 의심하는 것이냐!"

"북방상단주라는 자리에 앉아 있다고 눈에 뵈는 게 없구나!"

오호대와 사자대의 두 부대주가 앞으로 나서며 으르렁거렸다. 그럴 만했다. 자신들을 의심했으니까.

하지만 운삼은 그렇게 생각하지 않았다.

"이 상황에서… 그런 말이 잘도 나옵니다?"

"네놈이 감히 우리를 우롱하지 않았느냐!"

"맞다! 황제 폐하의 인장을 얻었다고 아주 안하무인이구나!"

피식.

이자들.

불을 붙이고 있다.

적어도 운삼의 생각은 그랬다.

그리고 그렇게 생각하는 사람이 한 명 더 있었다.

바로 무린.

"당신들. 실력을 숨기고 있군……."

어느새 돌아서 두 부대주를 노려보며 한 무린의 말에 모두가 무슨 소리지? 하는 표정이 되었다.

"대주보다 강한 부대주라……."

후후.

후후후.

무린의 창날이 드디어 팽연화의 턱 밑에서 떨어졌다.

그리고 전방으로 겨누어졌다.

상황이 요상하게 흘러가기 시작했다.

"거기다 당신들… 분노한 기색이 하나도 없군."

분노하지 않았다면?

무린의 말에 운삼은 둘에게 다시 시선을 돌렸다. 순간적으로 눈동자에 맺혀 있는 감정을 운삼은 빠르게 잡아냈다.

'초조?'

상인의 날카로운 안목이다.

협상을 밥 먹듯이 하는 그들에게 안목과 상대의 얼굴가죽, 그 속에 감추어져 있는 감정을 파악하는 능력은 필수다.

그게 없다면 결코 상인으로써 크게 성공할 수 없다.

'저들이군.'

운삼은 확실하게 결론을 내렸다.

오호부대주와 사자부대주.

이 둘은 첩자다.

"무, 무슨 소리를……."

슈아악!

운삼이 확답을 내린 그 순간 어느새 무린의 신형이 둘의 앞에 도달해 있었다.

* * *

촤라락! 거칠게 공기를 찢어발기며 떨어지는 무린의 철창에는 삼류의 내력이 가득 담겨 있었다.

팽연화도 감히 막지 못했던 무린의 본신 무력이 다시금 펼쳐진 것이다.

무린의 신형을 제대로 파악한 사람은 이 객잔에는 전무했다.

아니, 전무해야 했다.

무린의 말이 틀렸다면 말이다.

쩡!

그러나 무린의 일격은 허무할 정도로 쉽게 막혔다.

번쩍!

오호부대주 염철이 도를 한손으로 뽑고, 그대로 올려치면서 막아버렸다.

그리고 표정이 한없이 굳어버렸다.

그러다 피식 웃어버렸다.

"설마 이렇게 빨리 정체가 들통 날 줄이야."

"그러게 말이야. 후후."

합!

무린의 창을 밀어내고 둘은 곧바로 반대쪽으로 물러났다.

그리고 팔을 뚝뚝 돌리더니, 이내 팽가의 무사들을 보며 피식 웃었다.

"참, 멍청하지. 자기들과 십 년을 넘게 동고동락했던 사람이 하루아침에 바뀌었는데도 몰라보고 말이야."

"후후, 뭐, 덕분에 임무는 쉬웠지 않았나."

"그래도 완벽하게 끝내지 못한 게 아쉽군."

"후후, 북방상단주의 안목과 심계가 좋다더니. 허명이 아니었던 거지. 그리고 하필 이곳에 나타날 줄도 몰랐고. 여러 가지로 잘 안 풀렸던 거야."

둘은 두런두런 대화를 나눴다.

그에, 팽연성의 얼굴이 부르르 떨렸다.

얼굴과 함께 그의 신형 전체가 떨렸다. 저 말은 조롱이다.

팽가의 자존심이 와르르 무너지고 있었다.

"염철 부대주와… 원광 부대주는 어떻게 했지?"

떨리는 입술을 겨우 열어 물었다.

그러자 피식 웃는 둘.

"어쩌긴. 이미 썩어 문드러졌겠지."

"백골이나 남았는지 모르겠군. 후후."

간단한 그 답변에, 팽연성의 두 눈에 짙은 살기가 떠올랐다.

쉭! 소리와 함께 팽연화가 밟았던 혼원보로 단숨에 둘의 지척에 도달했다.

우릉!

벽력이 일고, 그의 도가 매섭게 염철의 모습을 한 자에게 떨어져 내렸다.

쩡!

그러나 이번에도 팽연성의 일격을 매우 가볍게 막아냈다.

"애송이 대주. 그동안 내가 당신 목을 따고 싶은 걸 얼마나 참았는지 아나? 손이 근질근질해서 잠도 못잘 정도였다고……."

"나는 천둥벌거숭이 같은 계집을 품고 싶은 걸 참느라 혼났지. 후후."

쾅!

"컥……."

옆에서 은밀하게 뿜어진 일격에 팽연성의 신형이 실 끊어진 연처럼 허공을 날았다.

무린은 그걸 보며 눈을 빛냈다.

第八十章 진정(鎮靜)

귀환병사

무린은 이성이 천천히 돌아옴을 느꼈다. 요동치는, 지기 싫어 필사적으로 돌고 있는 이륜 덕분이었다.

특정 계기가 없었음에도 이성이 돌아온 건 이륜이 혼심에 밀리지 않을 만큼 성장했다는 소리이기도 했다.

다만 이번에는 가족을 인질로 잡는다는 팽연성의 말에 급속도로 흔들렸을 뿐이었다.

'이건 나중에. 일단 지금은 저자들에게 집중하자.'

무린의 빛나는 눈이 둘을 훑었다.

슥, 무린의 눈빛을 느꼈는지 둘도 무린을 마주봤다.

"비천객… 과연."

"녀석들이 당할 만도 해."

녀석들?

무린은 그게 누구를 지칭하는지 알 것 같았다. 좀 전 팽연성을 날려버린 일격. 그 은밀한 일격을 무린은 겪어 본적이 있었다. 저 정도는 아니었지만 분명이 비슷한 일격이었다.

"비인의 살객이군."

그때 무린이 모조리 격살했던 비인. 그들이 공격과 좀 전에 보았던 일격은 너무나 닮아 있었다.

무린이 죽인 그들이 경지가 높았다면, 아마 좀 전 일격이 되지 않았을까 싶었다.

"역시 알아보는군."

"당연하지. 이미 겪은 수법이니까."

눈을 빛내며 하는 말에 무린은 담담이 대답했다. 하지만 긴장의 끈은 놓치지 않았다.

이자들, 강하다.

하나씩 붙는다면 지지 않을 자신이 있다. 하지만 저 둘이 연수합격을 해온다면 무린은 힘든 싸움이 될 것이라 생각했다.

그러나 그런 일이 벌어지진 않을 것이다.

이곳엔 무린 혼자만 있는 게 아니니까.

"왜 나를 노렸지?"

"당연한 걸 묻는군."

"당연한 걸 묻는다고?"

"지금은 전쟁 중이다. 대업에 방해가 되는 자를 제거하는 건 병법의 기본이지."

"내가 중천검왕을 구한 것에 대한 복수인가?"

"그렇다. 그는 죽어야 했다. 마도의 하늘에 첫 번째로 바쳐질 제물이었지. 그걸 비천객, 네놈이 망친 것이다."

"……."

무린의 눈빛은 오히려 서늘해졌다.

"고맙군."

"뭐?"

"고민했었다. 내가 지금 잘하는 짓인지. 굳이 내가 나설 필요가 없었는데 괜히 나서 고생을 하고 있는 게 아닌지."

"……."

"그 고민에 대한 답을 당신에게서 얻었다. 나는 지금 잘하고 있군. 너 같은 놈들이 지배할 하늘이라면 역겨운 비린내가 천지에 진동을 할 테니까. 그런 것을 매일 맡고 살 바에야, 차라리 그런 하늘이 오질 않게 하는 게 낫겠지."

"자신의 힘을 과신하는군. 감히 네놈 따위가 우리를 막을 수 있다 생각하는가?"

"네놈이야말로 과신하는군. 겨우 마도육가 힘 따위로 천하를 지배할 수 있다 보는가?"

걸려라.

무린의 입가에 깃든 비웃음은 비인의 살객을 자극했다.

이 미소에 걸리고 무린의 말투에 걸리면, 무언가 나올 것이다.

무린이 노리는 바는 그거다.

저들을 잡을 수는 없다.

이미 행동을 보니 도망치기로 마음을 잔뜩 먹은 상태.

경지도 비슷하지만 살객의 발놀림보다 빠르지는 못할 것이다.

그것도 그저 그런 살객이 아닌, 거의 자신의 경지에 오른 살객의 발놀림을 말이다.

팽가의 무인들이 조금씩 움직이고 있지만 움직이는 건 무린도, 그리고 눈앞의 살객 둘도 마찬가지다.

이미 포위를 대비해 조금씩 위치를 바꾸고 있었다.

미세하게 움직이는지라 모르고 있지만, 저들이 마음먹는 순간 아마 이 상황은 종결이 될 것이다.

"큭! 우리의 힘은 이게 전부가 아니다. 오대세가? 겨우 오대세가 따위로… 우릴 막을 수는 없을 것이다!"

"……."

무린은 대답하지 않았다.

역시, 역시 마도육가의 뒤에 무언가 있다.

대륙에 번지는 정마대전은 좀 전 저자가 말한 흑막 속 단체
일 것이다. 아마 무린에게 모략을 쓴 것도 마도육가가 아닌,
그 흑막 속 단체일 것이다.

"그만 얘기하게나."

"큭, 그러지."

펑!

그 얘기를 끝으로 바닥에 동그란 물체가 떨어졌다.

떨어지는 즉시 가죽 터지는 소리가 나더니 객잔에 자욱한
연기가 뿜어지기 시작했다.

저 바다 건너에서나 쓴다는 연막탄 같았다.

무린은 움직이지 않았다.

이미 그들의 기척은 벽을 뚫고, 멀어지고 있었다. 그것도
굉장히 빠른 속도였다. 무린이 예상한 것처럼 신법은 저쪽이
훨씬 뛰어났다.

팽가의 무인들이 허둥지둥 떠들면서 자신들의 대주를 감
쌌다. 혹시 모를 기습을 대비하는 것 같았다.

그러나 이제 와서 무슨.

이미 판은 모조리 끝났다.

잠시 뒤 연기가 희미해지자 무린에게 운삼이 다가왔다. 격

정스러운 얼굴을 하고 있는 운삼에게 무린은 웃어준 뒤, 어깨를 툭툭 두드리면서 말했다.

"고맙다. 운삼, 너 아니면 곤란해질 뻔했어."

"괜찮으십니까?"

"그래, 내가 가족 얘기에 너무 흥분했다."

"다행입니다. 후우."

무린의 대답에 운삼이 하나밖에 없는 손으로 가슴을 쓸어내리며 안도의 한숨을 내쉬었다.

좀 전, 무언가에 씌운, 광기를 뒤집어쓴 무린이 아니라 평소의 무린으로 돌아왔기 때문이었다.

무린은 안도하는 운삼을 비롯한 비천대에게 괜찮으니 걱정 말라는 미소를 지어주고는 주변을 바라봤다.

"……."

바닥에 철퍽 앉아 정신을 못 차리고 있는 팽연화. 그럴 만도 했다.

무린의 그 무시무시한 살기와 광기를 바로 코앞에서 쏘였으니 정신을 못 차리는 건 당연했다.

창백한 얼굴에 혼이 빠진 얼굴.

그래도 무린은 팽연화가 불쌍하다는 생각이 전혀 들지 않았다. 미안하다는 생각은 더더욱 들지 않았다.

가슴을 부여잡고 인상을 쓰고 있는 팽연성.

자세히 보면 인상을 쓰고 있는 게 아니라 일그러진 쪽에 가까웠다.

팽연성도 당연히 그럴 만했다.

세가에 첩자가 있다는 사실과, 부대주가 어느 날 하루아침에 바뀌었는데도 그걸 파악하지 못했다는 사실이 그의 자존심과 그의 평정심을 완전히 부숴버렸기 때문이다.

수치다.

치욕이다.

팽연성의 머릿속에는 온통 그 생각으로 가득할 것이다.

그걸 두 눈에 담은 무린의 머릿속에 떠오른 생각은 딱 하나다.

'오합지졸이군.'

팽연성도, 팽연화도.

그리고 팽가의 무인도 무린의 눈에는 완전히 오합지졸로 보였다.

대주가 당하는데도 반응하지 못한 팽가의 무인들.

힘만 키웠지, 실전은 제대로 겪지도 못한 반쪽짜리 무인들이다. 그리고 보니 숫자도 많이 줄어 있었다.

심양대회전에서 다 죽어나간 게 분명했다.

무린이 시선을 다시 비천대에게 돌리려는데 팽연성이 비척거리며 일어섰다. 자신을 부축하는 팽가 무인의 손을 뿌리

치더니 곧장 무린에게 다가왔다.

"대협……."

"……."

그 부름에 무린이 고개를 돌렸다.

"죄송합니다……."

"……."

고개를 푹 숙이고 애처로운 목소리로 무린에게 사과를 하
는 팽연성. 그러나 무린은 그런 팽연성을 싸늘한 눈초리로 바
라봤다.

저 말에 해줄 대답이 없다.

사과는 언제 해도 늦는 법이다.

왜?

잘못을 먼저 저질렀기 때문이다.

그 잘못의 크기에 따라 물론 받아들일지, 받아들이지 않을
지 결정하겠지만 지금 무린은 저 사과를 받아주고 싶은 마음
이 눈곱만큼도 없었다.

그 이유는 당연히 무린의 역린인 가족을 건드렸기 때문이
다. 정확히는 건드리려고 한 것이지만 그것만으로도 무린에
겐 충분한 이유가 된다.

"정말, 정말… 죄송합니다."

"……."

팽연성이 다시금 고개를 숙이며 사과를 했다.

그러나 이번에도 무린은 입을 닫은 채 바라보기만 했다.

기본적으로 사과를 한다는 것은 자신의 잘못을 모두 인정해야 가능한 법이다. 자신의 잘못을 인정한다는 것은 쉬운 일이 아니다.

특히 많은 것을 가진 사람일수록 그건 더욱 어려운 법이다. 팽연성의 아직 무린보다 어리지만 많은 것을 가졌다.

일신의 무력은 말할 것도 없었다. 거기에 더해 원한다면 금력도 얻을 수 있었다. 게다가 오대세가. 그중 팽가의 소가주란 신분까지.

머리를 숙이기 쉽지 않은 위치에 있었다.

그럼에도 팽연성은 고개를 숙여, 무린에게 사과를 했다. 하지만 그래도 무린은 끔쩍도 하지 않았다.

"저희가 부족해 놀아났습니다. 변명하지 않겠습니다. 정말… 죄송합니다."

"후우……."

재차 나온 팽연성의 사과에 무린은 한숨을 쉬었다. 어쩔 수 없이 용서하려고 하는 마음 때문에 나온 사과는 아니었다.

그저, 답답해서였다.

이 상황이 마음에 들지 않아서였다.

"내가 원하는 건 하나다."

"······."

무린이 말이 떨어지자 반대로 침묵하는 팽연성. 그런 팽연성에게 무린은 냉정한 목소리로 말을 이었다.

"앞으로 나에게 모든 신경을 꺼라. 팽가와 나는 남이다. 내가 무슨 일을 하든지 도울 생각도 하지 말고, 아는 척도 하지 마라. 내가 원하는 건 이것 하나다. 이걸로 모든 것을 잊어주마."

"······."

꿈틀.

팽연성의 신형이 흔들렸다.

무린이 지금 무슨 말을 하는지 몰라서가 아닌, 너무 잘 알아서 흔들렸다.

무린은 완벽한 무시를 원하고 있었다.

그건 말이 용서지. 결코 용서가 아니었다.

하지만 팽연성은 그 말에 어떠한 대답도 할 수 없었다.

팽가는 무린에게 너무나 큰 실수를 저질러 버렸다. 작은 잘못도 아니었다. 가족을 볼모로 잡으려고 했고, 무린 자체를 제압하려고 했다.

그것도 계략에 놀아나서.

"떠나라. 지금 당장 내 눈앞에서 사라져라."

"······."

으득.

무린의 냉정한 말에 팽연성의 이가 갈리고, 신형이 부들부
들 떨렸다.

무린 때문이 아니다.

팽가, 자체에 대한 분노다.

첩자에 놀아난 꼴이라니.

그래서 이리 큰 잘못을 하게 만들다니.

고인 물이 썩어도 철저히 썩었는데 그것도 모르고 있었다
니. 그 때문에 나오는 분노의 몸부림이었다.

팽연성은 힘없이 돌아섰다.

그리고 아직도 멍하니 앉아 있는 팽연화를 들쳐 업었다. 나
가는 그의 뒤를 따라 팽가의 무인들이 뒤따랐다.

더없이 힘없고, 처량한 모습들이었다.

팽가의 무인들이 객잔에서 떠나고 나자 운삼이 다시 다가
왔다.

"형님, 잘 참으셨습니다."

"참기는, 후우⋯⋯."

무린은 운삼의 위로 섞인 말에 대답하면서 고개를 저었다.
장내상황이 정리가 되자, 무린은 이제 자신을 상황을 정리시
킬 필요를 느꼈다.

"왜 그러셨는지 물어도 되겠습니까? 아까의 형님은 평소와

너무 달랐습니다. 그런 형님의 모습은 처음이었습니다."

"……."

무린은 대답을 하지 않았다. 하지만 하아, 하고 나오는 한숨으로 대답을 대신하고 말았다. 왜 그랬냐고?

혼심 때문이라고는 하지만 이번엔 어디까지나 본인의 의지와 섞여 나온 결과였다.

가족을 건드리려 했다고 하는 순간, 감정은 급격히 흔들렸고 그 사이를 혼심이 곧바로 파고들어 장악해 버렸다.

그래서 말해줄 수 없었다.

"알겠습니다. 후우. 형님, 그럼 앞으로 어떻게 하실 생각이신지."

"길림성으로 간다. 가서 녀석들과 합류해야겠다."

"그럴 줄 알았습니다. 역광과 마광경도 데려가십시오."

그 말에 무린은 고개를 저었다.

"아니다. 둘은 계속 네 옆에 둬라. 요녕성을 빠져나가려면 인원이 적으면 적을수록 좋아. 김연호와 연경도 맡겨두고 싶지만 그럴 녀석들이 아니니 두 녀석만 데려가겠다."

"알겠습니다. 참, 요녕과 길림성 쪽의 정보는 거의 차단당했습니다. 그러니 앞으로 형님에게 정보를 전해주기 힘들 겁니다. 대신 비천대 쪽으로는 형님이 찾아간다고 어떻게든 정보를 전해보겠습니다."

"그래, 그리고 다른 정보들은 걱정마라. 이쪽이 아니라면… 저쪽의 정보를 찾아다 쓰면 그만이니."

"저쪽이라면… 하하, 그렇군요. 근데 잘못하면 형님의 정보가 탄로 날 수도 있습니다."

무린의 말에 운삼은 웃었다. 무린이 말한 저쪽의 정보가 하오문을 뜻한다는 걸 바로 알아차린 것이다.

"걱정마라. 내가 알아서 잘 하지."

"뭐, 형님이라면 안심할 수 있습니다. 그럼 저는 북경으로 돌아가겠습니다. 남궁세가 일은 당분간 멈추겠습니다."

"그래, 괜히 그쪽에 신경 쓸 일을 더 만들어줄 필요는 없겠지. 손쓰는 건 이 전쟁을 끝내고 나서부터다."

"알겠습니다. 그럼, 조심하십시오. 그리고 이것, 가는 길에 필요한 걸 사는데 쓰십시오. 모자라지 않게 넣었으니 양껏 쓰십시오. 서신은 태우셔야 합니다."

"그래, 고맙다."

"하하, 뭘요."

운삼은 그렇게 웃고는 무린에게 고개를 숙여 인사하고는 객잔 주인에게 다가갔다.

그리고 품에서 다른 전낭을 꺼내 박살 난 객잔의 수리비를 건네고는 곧바로 사라졌다.

무린도 곧바로 밖으로 나왔다.

"북문에서 기다리겠다. 마른식량이랑 힘들겠지만 전마를 구해와라."

"알겠습니다."

김연호와 연경이 곧바로 흩어져 사라졌다.

둘이 사라지자 무린은 천천히 길을 걸었다.

걸으면서 생각에 잠기는 무린. 무린의 머릿속은 지금 오직 한 가지에 사로잡혀 있었다.

혼심.

바로 혼심이었다.

'이제 더는 안 된다. 어떻게든 끝장을 봐야 해.'

발작은 자주 있었다.

하지만 이번처럼 아예 이성을 잃었던 적은 없었다. 이게 얼마나 위험한 일인지 무린은 제대로 깨닫고 있었다.

최초 하나가 있으면, 둘이 있게 마련이다.

전례가 생겼으니 다음에도 이런 일이 또 일어날 거라는 소리다. 그때도 이렇게 무사할 수 있을까?

장담할 수 없었다.

전쟁터 한복판에서 이성을 잃는 건 너무나 위험한 일이다. 앞뒤가 사라지고, 적아가 사라지면 돌아오는 건 차디찬 칠흑.

죽음뿐이다.

무린은 그런 경우를 수없이, 정말 수도 없이 보아왔다.

'해결해야 된다.'

반드시.

이 저주를 해결하지 않으면 무린은 언젠가는 반드시 자신의 목을 조일 것이라는 것을 오늘 일을 기준으로 제대로 깨달았다.

'후우…….'

하지만 어떻게?

혼심은 불가해다.

이해가 불가능한 공부다.

그렇기 때문에 해결도 불가능한 독이다.

까득.

이가 갈렸고, 그 갈리는 이에 입술의 살점이 빨려 들어가 찢어졌다. 비릿한 피가 혀끝을 타고 목으로 넘어갔다.

그때 무린의 옆을 스쳐지나가는 여인.

'어……?'

무린은 순간 자리에 우뚝 멈췄다.

동시에 여인도 가던 길을 멈추고 무린을 돌아봤다.

"……."

"……."

주변으로 지나가는 행인들 속에 오직 둘만 멈춰있다.

시간이 멈춘 것처럼 살짝 까무잡잡한 피부에 푸른 눈동자.

그리고 붉은 입술. 이국적인 미가 유독 돋보이는 여인이다.

무린은 가만히 바라봤다.

왜?

왜 멈췄지, 내가?

"아……."

익숙한 느낌.

언젠가 한 번 만난 적이 있던가?

"이름이 어떻게 되오?"

불쑥 무린의 입이 열리며 여인에게 물었다.

첫눈에 반해서?

웃기는 개소리.

결단코 아니다.

하지만 그럼에도 물은 이유는.

"단……."

단?

단…….

뒤이어 들려오는 이름을 들었을 때 무린은 비로소 알 수 있었다.

"문영이라고 해요."

단문영.

이국적 미를 가진, 무린을 제자리에 멈추게 만들었던 여인의 이름이었다. 그 이름에 무린의 뇌리로 한 사람이 떠올랐다.

　단문석.

　무린이 죽인 만독문의 소가주.

　대리 단가의… 후예.

　묻지도 않았지만, 무린은 깨달았다.

　이 여인은…….

　단문석의 동생이라고.

　동시에.

　혼심독주일 것이라고.

第八十一章　단문영(段紋榮)

귀환병사

"……."

"……."

통성명을 한 직후에도 두 사람은 침묵을 유지했다. 행인들이 지나가면서 둘을 힐끔힐끔 쳐다봤지만 그런 시선에는 아랑곳하지 않고 무린도, 단문영이라는 여인도 그 자리에 서서 서로를 바라봤다.

영원할 것 같은 시간.

그 시간은 여인의 입이 열리면서 끝났다.

"잠시… 얘기 좀 나눌 수 있을까요?"

"......"

여인이 먼저 건넨 청.

무린은 망설였다.

자신의 감은 얘기한다.

이 여인이 혼심독주일 것이라고.

하지만 그건 감이지, 사실 확정은 아니다. 어쩌면 무린이 오해하는 것일 수도 있지만 기잉, 기잉 울고 있는 이륜을 보면 오해도 아닌 것 같았다.

이륜이 울고 있다.

위험하다고.

열린 상단으로도 받아들이고 있었다.

저 여인은 위험하다고.

아무런 기세도 느껴지지 않는 정말 평범한, 이국의 여인이지만 무린은 결코 무시할 수 없었다.

그러나 무린은 이내 고개를 끄덕였다.

이 여인이 혼심독주라면, 더더욱 얘기를 나눠봐야 했다.

어쩌면 혼심의 저주에서 해방될 수 있는 방법을 알지도 모르기 때문이다.

주변을 둘러보니 마침 다관이 보였다.

"좋소. 저 앞에 다관 삼층에서 기다리시오. 후에 일행이 오면 기다리라 언질을 하고 올라가겠소."

"예."

여인, 단문영은 무린의 말에 살짝 고개를 숙이고 등을 돌려 무린이 말했던 다관으로 걸음을 옮겼다.

"……."

그런 여인의 뒷모습을 무린은 가만히 바라봤다. 그 어떤 것도 느껴지지 않는 여인의 모습이 무린에게 혼란이란 감정을 조금씩 심어주기 시작했다.

'정말 혼심독주일까. 단지 이름만 비슷한 게 아닐까?'

그런 생각이 들었다.

하지만 다시 고개를 저었다.

요동치는 이륜.

이륜을 무시하기 힘들었다.

'얘기를 나눠보면 알 터.'

그래, 이게 정답이다.

아직 아무것도 결정되지 않았다. 저 여자가 혼심독주일 거라는 감이 맞을 수도 있고 틀릴 수도 있다.

그렇다면 대화가 먼저다.

무린은 그렇게 생각하고 북문으로 향했다.

잠시 기다리자 김연호와 연경이 도착했다. 힘들었을 텐데도 용케 힘 좋아 보이는 말까지 구해왔다.

그런 둘에게 무린은 말했다.

"잠시 기다려라. 만나야 할 사람이 있다."

"알겠습니다."

가타부타 이유도 설명하지 않고 한 말이지만 둘은 고개를 끄덕였다.

무린이 괜한 일에 시간을 뺏길 사람이 아니라는 걸 아는 탓이다.

둘을 뒤로 하고 무린은 다시 다관으로 향했다.

주렴을 걷고 들어가, 계단으로 바로 향했다.

삼층으로 올라가자 이내 단문영이 창가 쪽에 앉아 있는 게 보였다.

무린은 바로 앞자리에 앉았다.

"내 소개를 안했소. 난 진무린이라고 하오."

무린은 소개를 하고 나서 잠시 인상을 찌푸렸다.

본래 무린은 말을 아무에게나 놓지 않았다. 어머니에게 처음 보는 사람에게 하대를 하는 건 배우지 못한 시정잡배나 하는 짓이라고 들었기 때문이다. 그런데도 무린은 지금 이 단문영이라는 여인에게 반 하대를 하고 있었다.

평소의 무린이라면 절대 이러지 않았을 것이다.

무린은 그 이유를 바로 깨달았다.

'적… 이라고 생각하고 있다.'

무린은 지금 단문영을 적이라고 생각하고 있었다. 그렇기 때문에 존대가 아닌 하대가 나가는 것이다.

"알고 있어요."

"알고 있었다?"

"예."

이런 이국의 여인을 한 번도 본적이 없는 무린이다. 그런데 자신을 알고 있다? 무린의 눈빛이 대번에 날카로워졌다.

"거두절미하고 묻겠소."

"물으세요."

"혼심독주요?"

"그렇게 생각하는 이유는요?"

오히려 되묻는다.

하지만 그 되물음에서 무린은 답을 얻었다. 혼심독주가 뭐냐고 되물었으면 어쩌면 무린은 다시 생각했을 수도 있다.

그런데 이 여인은 그렇게 생각하는 이유가 뭐냐고 물었다. 그렇다는 건 곧 혼심독주가 무엇을 뜻하는지 알고 있다는 뜻이다.

"단문영. 단문석."

"제 이름과 지금은 죽어 구천을 떠돌고 있을 오라버니의 이름이네요."

"……."

인정했다.

이 여자는 무린이 죽인 만독문의 소가주 단문석의 동생이면서, 혼심독주다.

순간적이지만, 무린은 살심이 확 들끓었다.

하지만 겉으로는 아무런 기세도 풍기지 않았다.

그런데 단문영의 입이 바로 열린다.

"저를 죽이셔도, 혼심독을 해결할 수는 없어요."

"……."

아무런 기세도 겉으로는 표현되지 않았다. 무린은 충분히 그 모든 걸 제어가 가능한 경지이기 때문이다.

그런데 읽었다?

어떻게?

무린의 눈빛에 곧바로 의문이 떠올랐다.

"살기를 흘리지 않아도 저는 알 수 있습니다."

"……."

그러니까 어떻게.

무린의 눈빛에서 의문이 점차 사라지고, 대신 차가움이 담기기 시작했다.

이 여인… 이상하다.

무언가 매우 이상한 느낌을 풍기기 시작했다. 그리고 이상한 느낌 다음으로, 위험한 느낌도 풍기기 시작했다.

"……."

"……"

무린은 차가운 눈으로 노려봤다. 그러나 단문영은 그걸 가볍게 받아 넘겼다. 그 또한 이상한 일이다.

무공을 배운 여인이 아니었다.

그렇다면 무린의 눈빛을 이렇게 가볍게 견뎌서는 안 된다. 무인의, 그것도 절정을 넘은 무린이 감정을 담아 노려보는 눈빛이다.

범인이라면 곧바로 그 기세에 눌려 고개를 숙일 눈빛이라는 소리다. 그런데 무인이 아닌 여인이 무린의 눈빛을 받아낸다.

그것도 담담하게.

지켜보는 무린은 알 수 있었다.

결코 저건 억지로 참는 것도 아니라는 사실을.

"저는 무인이되, 무인이 아닌 사람입니다. 싸우는 법은 모르지만, 무인을 상대할 수도 있지요. 눈빛 정도 견뎌내는 건 일도 아니랍니다."

"……"

하아.

의문까지 읽어낸다.

마치 속마음을 읽어내는 것처럼.

'그 정도로 눈치, 감이 좋은 여인인가? 만약 그렇다

면…….'

그런 생각을 하기 무섭게, 단문영의 입이 또 열렸다.

"눈치나 감으로 아는 게 아닙니다."

또 읽혔다.

무린은 눈치챘다.

이건 감으로 읽는 게 아니다.

"내 생각을 읽고 있나……?"

생각 자체를 읽고 있었다.

근데 이게 가능한가?

하는 의문이 들자 또 단문영이 입을 연다.

"가능합니다. 진무린, 당신이라면."

"……."

혼심독주.

불가해의 주인은 이런 것도 가능한가?

사람의 마음을 읽어내는… 비현실적인 일이.

단문영이 웃는다.

하지만 무린은 웃지 못했다.

무린은 또 다른 방향으로 무언가가 꼬이고 있다는 걸 직감했다. 그 생각과 동시에 곧바로 단문영이 말한다.

"비현실적인 건 당신도 마찬가지 아닌가요."

"내가 비현실적이라고?"

"예."

"무슨 말인지 모르겠군."

단문영의 말에 무린은 고개를 저으며 대답했다. 자신이 비현실적이라니. 그 말의 이유를 전혀 찾을 수 없었기 때문이다.

"저는 혼심독주입니다. 그래서 당신과 연결되어 있지요."

"나와 연결되어 있다고?"

"예. 혼심독은… 영혼고입니다."

"영혼… 고? 설마 고가 내가 알고 있는 그 고가 맞나?"

"무인이 생각하는 고라면… 맞겠지요."

"……"

고(蠱).

독이나 벌레를 뜻하는 말이다.

옛날, 아주 옛날의 강호에는 고라는 독이 있었다.

한 쌍의 벌레인데, 이중 하나를 상대에게 심어 심령에 금제를 걸거나 협박, 회유, 특히 공작을 할 때 많이 쓰였던 독이다.

하지만 앞서 말했듯이 그건 옛날이다.

이미 모든 고에 대한 제조법은 그 당시 구파가 나서 씨를 말렸다. 당연히 그 흉험함이 인위에 어긋나도 한참 어긋나기 때문이었다.

그런데 이제 와서 고라니.

'어이가 없군.'

무린은 고개를 저었다.

그 고갯짓이 끝난 직후 당연히 당문영이 입을 열었다.

"어이가 없어도 사실이에요. 눈앞에 그 증거가 버젓이 있으니까요. 바로 저란 증거가."

"내 마음을 읽는 건 알겠다. 하지만 혼심독이 고라는 것은 믿지 못하겠군."

"당연히 믿지 못할 거라 생각했어요. 하지만 믿으셔야 할 겁니다. 혼심독은 불가해. 오직 한 명을 죽이기 위해 만들어진 무공이에요."

"오직 한 명만을 죽인다……. 고는 어느 한쪽이 죽으면 다른 한쪽도 죽지. 그럼 내가 죽으면 당신도 죽나?"

"예."

"하, 하하."

무린은 기가 막혔다.

자신이 죽으면 이 눈앞의 여인도 죽는다.

그렇다면 반대로… 이 여인이 죽으면, 무린도 죽는다는 소리가 된다.

"왜 내 눈앞에 나타났지? 겨우 그걸 말해주려고 나타난 것은 아닐 테고."

믿고 안 믿고를 떠나서, 당문영이 자신의 앞에 나타난 게 궁금했다.

위치야… 심령으로 연결됐다는 말이 사실이라면 자신을 못 찾을 것도 없었다.

'마음까지 읽는 마당에, 겨우 위치쯤이야.'

그런 생각을 뒤로 하고 무린은 답을 기다렸다.

"제가 왜 당신에게 혼심독을 심었는지 아나요?"

"이유가 있다면 하나겠지. 내가 당신의 오라비를 죽인 것."

당문영이 무린의 답에 고개를 끄덕였다. 그 후 자신의 앞에 놓인 차를 한잔 마시고 다시 입을 열었다.

"맞아요. 제 하나밖에 없는 오라버니를 죽였기 때문에 저는 당신에게 혼심을 심었어요."

결국은 복수다.

겨우 그까짓 거 때문에 라고 무린은 생각하지 않았다. 무린이 왜 강호에 뛰어들었나. 왜 힘을 얻었나.

가족 때문이다.

어머니를 다시 제 자리로 모시기 때문에, 그 이유 하나 때문에 힘을 얻었고, 이 비정한 세계에 발을 들였다.

이 여인도 마찬가지다.

가족. 그 하나의 이유 때문에 자신에게 혼심이란 독을 심었다. 저 여인의 말처럼 상대가 죽으면 자신 또한 죽는데 말이다.

"그런 것치고는… 나를 봤는데도 차분하군."

"……."

눈앞에 복수의 대상이 있다.

자신의 오라버니인 단문석을 창으로 꿰뚫은 무린이 있다. 원래라면 흥분하고, 살기를 줄줄 흘려야 정상이다.

죽으라고 악을 써야 정상이다.

하지만 너무 차분하다.

명경지수를 유지하는, 너무나 깨끗한 눈빛이다. 만약 눈앞에 자신의 가족을 죽인 대상이 있다고 친다면 무린은 저런 눈빛을 할 자신이 없었다.

'심경의 변화가 온 건가?'

그렇지 않다면 저렇게 깨끗할 수가 없다.

"맞아요. 심경의 변화."

"어떻게 변했지?"

"당신을 옆에서 지켜봐야겠다는 것으로."

"나를 지켜보겠다……. 왜지?"

"후우……."

처음으로 단문영이 감정의 변화를 보였다. 깊은 한숨을 내쉰 것이다. 무린은 이게 이 이야기의 가장 중요한 것이라 생각했다.

"혼심을 당신에게 심은 게 저이니만큼, 저는 심령으로 당신의 상태를 파악할 수 있어요. 그래서 계속해서 당신의 마음이 흔들릴 때면 나락으로 끌어내리려고 했죠."

"조종이 가능하다는 건가?"

"예, 주인이 저니까요."

"음……."

혼심의 발작을 일으킨 게 저 여인이란 소리다. 무린의 마음속에 의심이 들 찰나, 이륜이 격렬하게 울기 시작했다.

스스스.

동시에 발작까지 같이 느껴졌다.

인상을 꽉 찡그리면서 앞을 보자, 단문영이 눈빛이 하얗게 변한 게 보였다. 그리고 그 눈빛을 모린이 확인하자마자 다시금 정상적인 눈빛으로 변했다.

"믿으세요. 저는 오늘 진무린 당신을 만나 거짓을 말한 적이 단 한 번도 없으니까요."

"…믿지."

상황이 이러니, 안 믿을 수가 없었다. 지금까지의 혼심의 발작은 전부 저 여자가 본인의 의지로 조작했다는 뜻이다.

이유야 물론 본인이 말했듯 무린을 나락으로 떨어뜨리기 위해서다.

"하지만 언제나 버티는 당신이었습니다. 특별한 기공을 익혔는지, 아니면 당신의 의지력이 강한건지. 혼심의 저주를 매번 버티는 당신을 보며 신기했습니다. 제가 알기로 여태껏 혼심의 발작을 버틴 자는 이 유구한 강호의 역사에도 존재하지 않으니까요."

"……."

무린이 버틴 이유는 단문영이 말한 둘 다.

특이한 공부 삼륜공의 두 번째, 이륜. 그리고 무린의 철벽의 의지다. 삶 자체가 투쟁이었던 만큼 무린의 정신력은 강인하고 단단하다.

"버티는 와중에 당신의 삶의 이유도 느꼈어요."

"……."

무린이 사는 이유.

삶, 그 원천.

당연히 하나다.

"가족."

"……."

무린은 가만히 단문영의 눈을 들여다봤다. 무슨 의도일까. 가족을 위해 사는 무린을 느꼈다고, 이제 와서 마음이 변했다는 건가?

"저는 저의 하나밖에 없는 가족인 오라버니를 넋을 위해 당신에게 혼심을 심었어요. 그런데 당신도 오직 가족을 위해 살려고 발버둥치는 것을 고스란히… 전부 느꼈어요."

"이제 와서 미안하다고 사과라도 할 생각인가?"

"아니요. 전혀요. 저는 아직도 할 수만 있다면 당신을 죽이고 싶어요. 내가 죽는다 해도."

"그런데 왜?"

"힘들다는 것을 알았으니까요. 당신이 좀 전 팽가와 싸울 때도 저는 이 마을에 있었어요. 당신이 이성을 잃었을 때… 이젠 됐다. 그렇게 생각했어요. 하지만 당신은 결국 다시 깨어나 발작에서 빠져나오더군요."

"그래서 내 옆에 있으면서 기회를 노리겠다는 건가?"

"그것도 아니에요. 굳이 그럴 필요가 있나요? 제가 스스로 목숨을 끊으면 어차피 당신도 죽는데."

"그럼 도대체 왜 나를 옆에서 보겠다고 한 거지?"

"모르겠어요."

"……"

너무나 의외의 대답에, 무린은 말문이 막혀버렸다. 모른다. 나를 옆에서 지켜보겠다고 해놓고… 그 이유를 스스로 모르겠단다.

이 여자.

'나를 우롱하는 건가?'

즉답이 돌아온다.

"그건 아니에요."

"……."

"정말이에요. 가족을 위해 사는 당신… 확실한 건 지금까지 철옹성 같았던 제 복수심이 서서히 금이 가고 있다는 것이에요."

"당신이 그렇게 착한 사람이었나? 복수를 위해 혼심을 나에게 심은 여인이?"

"저는……."

단문영은 말을 끝까지 하지 않았다.

만약, 단문영의 원래 성정이 지나치게 깨끗하다면, 무린에게 혼심을 심은 게 당시 복수심에 극도로 흥분한 것이라면, 어쩌면 이해는 간다.

"당신이 사는 모습을, 당신이 투쟁하는 모습을 지켜보고 싶어요. 이게 제가 모습을 드러낸 이유입니다."

"……."

미치겠군.

겉으로는 아무런 대답도 안했지만 속으로 툭하고 떠오른 대답이다.

이 여자, 속을 도무지 이해를 할 수가 없다.

*   *   *

무린의 현재 기분을 설명하자면 자다가 날벼락을 맞은 기분이다. 솔직히 말해 누가 자신의 생각을 읽는다는 것도 기분이 매우, 아주 많이 더럽다. 짜증을 품은 꽃봉오리가 머릿속에 활짝 폈단 말이다.

그런데 자신을 따라오겠다고 한다.

따라다니면서 자신이 어떻게 사는지, 어떤 것을 그리는지, 보는지, 담는지, 그걸 두 눈으로 확인하고 가슴으로 느끼겠다고 한다.

허락할까?

미친 소리다.

이 여자는 적이다.

그냥 적도 아니고, 어쩌면 악연 중에서도 악연이다.

'미친 소리.'

곧바로 대답이 나온다.

"알아요."

"알고 있는데 그런 말이 나오나?"

"네."

말이 안 통하는 상대와 하는 대화는 심신을 매우 지치게 만든다. 무린에게 지금이 딱 그런 경우였다.

"내가 지금 어디를 가려고 하는지는 혹시 알고 있나?"

"길림성."

"왜 가는지도?"

"동료의 구출."

"얼마나 위험한지도 그럼 알겠군."

"많은 피가 흐르겠죠."

"그런데도 따라가겠다는 건 대체 무슨 생각이지? 자만인가. 내가 당신을 미친 여자라고 생각해주길 바라나?"

"⋯⋯."

단문영의 눈이 가라앉았다.

그리고 찻잔을 만지작거리더니, 이내 한마디를 내뱉었다.

"나를 데려가지 않으면⋯ 당신은 죽어요."

"너도 죽겠지."

"네, 하지만 어차피 그걸 알면서 당신을 중독시켰어요."

"그래서 삶에 미련이 없다는 건가?"

"네."

협박이다.

칼자루를 무린이 쥐고 있지 못하니, 이건 어떻게 할 수가 없다. 대화도 안통하고, 그렇다고 죽일 수도 없다.

무린은 아직 죽을 수 없었다.

너무 많은 죽음을 보아왔기에 죽음이란 것 자체가 무섭지는 않았다. 하지만 해야 할 일이 있어 그 어려운 상황에서도 언제나 생존본능을 극한으로 불태웠다.

애매한 상황이다.

'거짓말이기를 바라는 건 무리겠지.'

이미 혼심이라는 것 자체가 불가해다.

그렇기 때문에 단문영이 말한 영혼고라는 걸 의심하는 게 웃긴 짓이다. 이미 믿지 못할 일을 무린은 철저하게 겪었기 때문이다.

무린의 생각을 읽었는지 단문영의 입술이 잠시 달싹였으나, 열리지는 않았다. 굳이 해명할 필요를 못 느낀 것 같았다.

'더욱이 마음까지 읽는데……'

사람의 마음을 읽는다.

이 또한 웃기는 소리다.

그런데 실제로 눈앞에서 벌어지고 있다. 단문영은 자신의 생각 자체를 읽어냈다. 이것도 설명이 불가능한 일이다.

"당신만 내 생각을 읽는 게 가능한가? 나는 못하고?"

"예. 주종관계로 따지면 제쪽의 고가 주니까요."

"후우."

거지같은 현실.

참, 골 때리는 짓도 많이 당한다.

"본론으로 돌아가서, 저는 따라가겠어요."

"거절한다."

단문영의 말에 무린은 단호하게 대답했다. 협박에 굴복하고 싶은 마음도 절대 없지만, 단문영이 따라왔을 때가 더욱 문제다.

지켜줘야 하니까?

그것도 맞다.

무린은 스스로 해야 할 일을, 죽기 전에 이루어야 할 절대적인 과제가 분명하게 있었다. 그런데 그건 아직 시작도 못했다.

그 위험한 곳을 이 여인이 따라 간다 가정을 하면……? 죽을 고비를, 너무 위험한 상황을 대체 몇 번이나 맞이하게 될까?

무린은 본인 스스로를 지킬 자신은 있었다.

죽을 고비를 넘겼더니… 명확하게 느껴졌다. 자신이 다시 진 일 보 강해졌음을. 그런 자신의 무력을 기반으로 생각해보면 무린은 자신 하나는 반드시 지킬 자신은 있었다. 김연호, 연경도 마찬가지다.

둘은 비천대.

수없이 많은 전장을 거친 정예 중에 정예다.

하지만 단문영은?

이 젓가락 하나 못 부러뜨릴 것 같은 여인까지 지키면서 요녕성을 관통하고, 길림성을 휩쓸고 다닐 비천대를 찾기란 상당한 부담. 아니, 부담 정도가 아니라 힘들 것 같았다.

그러다 문득 생각이 났다.

"무공을 익혔나?"

"예."

"익혔다고? 아무런 것도 당신에게서 느껴지지 않는데?"

"저는 혼심독주입니다."

"……."

그 말에 무린은 침묵했다.

그리고 이해했다.

혼심독주.

불가해.

"당신이 익힌 기공과는 다른 맥을 따르지만… 저 또한 엄연한 무인입니다."

"그렇군……."

좋아해야 하나?

아니면… 한숨을 내쉬어야 하나.

"분명히 말해두지만, 전 당신의 옆에서 당신을 지켜보길 원해요. 나를 놓고 갈 생각이라면… 십리도 가기 전에 당신의 목숨은 끊어질 거라 장담할게요."

"더러운 상황이군."

"네, 당신에게는 매우 많이요."

빼도 박도 못하는 상황이 되고 말았다.

그러다 잠깐, 무린은 또 다른 의문이 떠올랐다.

"나와 함께 하다 보면 마도육가의 무인에게 살수를 써야 된다."

"상관없어요. 이미 제겐 하나밖에 보이지 않으니까요."

즉답으로 나왔다.

단문영은 마도육가의 일가인 만독문의 여인이다. 그것도 소가주 단문석의 친동생. 그렇다면 직계 중에 직계다.

'잠깐.'

그렇다면?

무린은 단문영이 눈앞에 있음에도 생각을 이어갔다.

'단문영이 나랑 함께 있다는 걸 마도육가에 보여주기만 해 도… 그들의 반목을 유도할 수도 있겠어.'

하나의 불신은, 또 다른 불신을 낳는 법이다. 그리고 그 불신은 몸집을 키워, 나중에 거대한 해일로 변할지도 모른 다.

무린은 그런 경우를 수도 없이 봐 왔다.

전장에서도 아군끼리의 불신 때문에 생목숨이 날아가는 일은 수없이 일어난다. 물론 그중 대부분이 적의 계략인 경우도 있지만 실제로 빼도 박도 못하는 증거로 인해 그 계략이 성공하면… 수없는 병사가 죽는다.

또한 실제로 적과 내통하는 장수들도 있었다.

그건 아군의 사기를 완전히 죽여 놓는다.

그게 불신이란 놈이 가지고 오는 힘이다.

무린은 단문영을 바라봤다.

단문영은 무린의 눈초리에 묘한 웃음을 지으며 말했다.

"당신의 입장에서는 그것도 좋겠지요."

"만독문이 잘하면 버려질 수도 있는데?"

"분명히 말했어요. 나는 상관없다고."

"……."

무린은 단문영의 눈을 뚫어져라 노려봤다.

저 말은 진심인가, 아니면 거짓인가.

"진짜군."

"네."

"사정이 있나?"

"네, 그걸 당신에게 말할 이유는 없어요."

"흠……."

이 또한 진심이다.

이유가 있다면, 이곳에 적을 흔들 귀한 재료가 존재한다면, 그걸 쓰는 건 병법의 기본 중에 기본이다.

무린은 결정을 내렸다.

"좋아. 허락하지."

"고맙다는 말은 하지 않을게요. 당신은 반드시 그래야만
했으니까."

"바라지도 않는다."

무린은 자리에서 일어났다.

어쩔 수 없는 상황 때문에 하게 된 동행이다.

그렇기 때문에 뒷맛이 매우 쓰지만, 반대로 이쪽에서도 얻
을 수 있는 게 있다. 무린은 짜증이 나도 좋게 생각하기로 했
다.

그러지 않으면 솔직히 참을 수 없었을 테니까.

'이유가 있는 동행이다.'

그렇게 생각하기로 했다.

그렇게라도 생각하지 않으면 울화로 가슴이 터질지도 모
르겠다는 생각이 들었다.

"……."

단문영은 무린의 생각을 읽었는지 웃었다.

푸른 청안이 묘하게 서늘했다.

내려가는 무린의 뒤로, 사락 소리를 내며 옷자락을 끌고 오
는 단문영이 있었다. 적과의 동행이라…….

훗날 호사가들은 말한다.

이 날, 이 동행이 전쟁의 승패를 결정하는 아주 중요한 일
중에 하나였다고.

第八十二章

심양〔瀋陽〕

귀환병사

북문으로 나오니 김연호와 연경이 기다리고 있었다. 무린을 보고 다가오다가 뒤에 서 있는 단문영을 보고는 고개를 갸웃거렸다.

"대주, 이분은……."

"일행이 될 사람이다. 소개하지?"

무심하게 대답하는 무린.

그런 무린의 말에 단문영은 그저 웃음으로 받아들였다.

그리고는 옆으로 나서서 고개를 살짝 숙이며 자신을 소개했다.

"단문영이라고 해요. 여기 있는 비천대주와 연이 있어 동행하게 되었습니다."

단문영의 소개에 김연호와 연경의 인상이 조금 굳어졌다. 그리고는 다시 무린의 얼굴을 돌아봤다.

말을 꺼내 묻지는 않았지만, 눈빛만으로도 둘이 뭐라고 묻는지 보였다.

"책임은 내가 지겠다."

단호하기까지 한 무린의 대답에, 김연호와 연경은 고개를 끄덕였다.

"김연홉니다."

"연경이오."

날카로운 기도를 가진 둘의 인사는 서로 상반됐다.

경계의 기색은 여전하나 예의를 차린 김연호, 반대로 연경은 조금 무시의 기색을 담아 인사를 했다.

성격의 특성이다.

그런 둘의 인사에 단문영은 입가를 가르고 다시 웃었다.

이국적인 외모에 피어나는 미소는 분명 아름다웠다.

그러나 둘은 그런 미소에 결코 홀리지 않았다.

겨우 미소 따위에 홀리기에는 둘이 살아온 삶이 너무나 거칠었다.

"가서 말을 하나 더 구해와라."

"알겠습니다."

무린의 말에 둘은 곧바로 대답을 하고는 뛰어서 사라졌다. 둘이 사라지자 단문영이 무린을 보며 붉은 입술을 열었다.

"개성이 있는 분들이네요."

"……."

그러나 그 말에 무린은 대답하지 않았다. 이런 대화나 하자고 일행으로 받아들인 게 아니기 때문이다.

사실 허락의 마음을 하고 나서도 거슬렸다.

단문영이라는 여자의 존재 자체가 거슬리는 것이다. 그 이유는 말했다시피 자신의 생각이 읽힌다는 것 때문이다.

지금 이런 생각을 한다는 것 자체도 읽힌다는 것을 무린은 알았다. 하지만 생각을 안 할 수가 없었다.

단문영을 바라보자 역시 웃고 있었다.

의미심장한 미소인 것을 보니, 역시나 이번에도 읽혔다고 무린은 생각했다.

후우, 저절로 한숨이 나왔다.

무린은 눈을 감았다.

가만히 아무런 생각도 하지 말자고 하며 기다리기를 반 시진. 김연호와 연경이 말을 한 필 끌고 왔다.

"출발하지."

말고삐를 단문영이 쥐는 것을 확인한 무린은 지체 없이 출

발하자고 말했다. 간단한 조사와 함께 북문을 나서자 김연호
가 물었다.

"방향을 어디로 잡을까요?"

"심양으로 간다."

"심양 말씀이십니까?"

눈을 동그랗게 뜨고 반문하는 김연호.

이런 김연호의 반응은 당연한 반응이었다.

연경, 단문영도 놀란 눈으로 무린을 바라보고 있었으니 말
이다.

"그래, 심양으로 간다."

그래도 무린은 단호하게 말했다.

"이유를 알 수 있겠습니까?"

"비천대의 위치를 그곳에서는 얻을 수 있으니까."

"……."

대답을 들은 김연호와 연경의 고개가 살짝 갸웃했다. 무린
이 무슨 말을 하는지 정확히 이해를 못했기 때문이다.

하지만 단문영은 금세 알아차렸다.

"심양의 하오문 지부를 찾아갈 생각이군요?"

"……."

무린은 대답을 하지 않았지만, 조금은 놀란 눈으로 바라봤
다. 그러다가 아, 하는 표정을 지었다.

어차피 생각을 읽는다.

그것 때문에 짜증내놓고 그새 잊은 것이다.

"읽지 않았어요. 조금만 생각하면 나오는 걸요."

"……."

그 말에 무린은 낯빛을 잠시 굳혔다가 김연호와 연경에게 먼저 앞으로 가라고 말을 했다.

김연호와 연경이 조금 먼저 앞서나가자 무린이 단문영에게 물었다.

"무작정 읽는 건 아닌가?"

"예, 읽고 싶을 때만 읽을 수 있어요."

"흠……."

믿을 수 있나?

이조차 의심이 간다.

"저는 지금까지 단 한 번도 거짓말을 한 적이 없어요. 하늘에 맹세코 말이에요. 그래도 믿는 건 당신 마음이지만."

"……."

사실 그렇게 믿으면 좋기야 하다.

어차피 이해가 불가능한 무공을 익힌 여인이다. 무슨 말을 해도 사실 믿음이 안 가지만 눈앞에 증거가 있으니 또 안 믿기도 그랬다.

'믿어야 하나, 아니면 말아야 하나.'

고민을 했지만 무린은 믿기로 했다. 그 편이 자신의 마음을 안정시킬 수 있는 방법이란 것을 깨달은 것이다.

"좋아, 믿지. 그럼 하나만 부탁하지."

"하세요."

"예외의 상황이 아니라면 내 생각을 읽는 건 하지 말아줬으면 좋겠군."

"그 예외의 상황이란 어떤 상황을 말하는 거죠?"

"절체절명."

무린의 대답에 단문영은 흔쾌히 고개를 끄덕였다. 고개를 끄덕인 걸 보니 무린이 말한 절체절명이 어떤 뜻인지도 깨달은 것 같았다. 그런 걸로 보아 무린은 단문영이 머리가 나쁘지 않다는 것도 알 수 있었다. 잠시 고민하던 단문영이 자신의 의견도 하나 더 내놓았다.

"좋아요. 그리고 하나 더 추가할게요."

"뭐지?"

"내가 당신을 믿지 못하게 되는 상황이 올 경우."

"그렇게 하지."

무린은 수긍했다.

어차피 칼자루는 이 여인, 단문영이 가지고 있다. 자신이 부탁을 해야 할 입장이니 저 정도도 못 받아들일 것도 없었다.

무린은 다시 앞장서 갔다.

그 뒤를 단문영이 따라 붙었다.

저 멀리 서서 기다리고 있는 둘에게 다가선 무린이 말했다.

"심양에서 하오문 지부를 찾을 생각이다. 그들이라면 비천대의 위치를 알 테니. 또한 그곳에서 운삼이 부탁한 일도 해야 한다."

"알겠습니다."

김연호와 연경은 두 말 않고 고개를 끄덕였다.

무린의 말을 듣고서야 무린이 왜, 굳이 마도육가의 무인들이 바글바글거리는 위험한 심양으로 들어가겠다고 했는지 이해한 것이다.

하오문.

황실의 동창은 물론 상인연합의 정보력마저 넘어서는 곳.

그곳이라면 당연히 비천대의 위치는 잡고 있을 것이다.

요녕과 길림은 이제 상인연합과 동창의 정보력이 닿는 곳이 아닌 만큼, 비천대의 위치를 잡으려면 무린은 반드시 하오문을 찾아야 한다고 생각했다.

한 성을 아예 뒤집고 다닐 수도 없고, 소문만 듣고 움직일 수도 없다.

최단거리로 움직여서 비천대와 합류하려면 그들의 정확한 위치를 반드시 알고 움직여야 했다.

그리고 운삼이 준 서신에 심양에서 무린이 꼭 해줬으면 하는 일이 적혀 있었다. 이 두 가지가 무린이 굳이 위험한 심양으로 들어가려는 이유였다.

"가자. 최단거리로 심양으로 향한다."

"알겠습니다. 그럼 먼저 가겠습니다."

"그래."

곧바로 김연호가 먼저 앞장서서 달리기 시작했다. 선행으로 길을 여는 것이다. 먼저 가서 적의 유무를 파악하고, 표식을 남기면서 계속 전진할 것이다.

무린은 그런 김연호의 표식을 받으면서 가면 된다.

김연호가 저 멀리 시야에서 사라지고 나자 무린이 그 뒤를 이어 달렸다. 연경은 뒤에 남았다. 연경은 후미다. 그런 모습에 나란히 서서 달리는 단문영이 무린에게 말했다.

"마치 군대 같네요."

"군 출신이니까."

"비천대 전부가요?"

"그래."

적이다.

분명히 적이라고 무린은 인식하고 있었다.

그래서 말을 섞기는 별로지만, 그렇다고 언제까지나 무시할 수도 없는 노릇이다. 어차피 이제 한 배를 탄 입장이다.

웃기지만, 서로 목숨을 공유한 채 말이다.

하나가 죽으면 다른 하나도 반드시 죽는, 정말 옛 이야기에서나 나올 법한 어이없는 상황이지만 엄연한 현실.

피식.

무린은 달리는 와중에 웃었다.

이 얼마나… 골 때리는 인생이란 말인가.

현실을 아득히 넘는 상황까지 맞이하게 되니, 이제 무린은 그 어떤 것을 겪거나 들어도 웃지 못할 것 같았다.

본인이 직접 경험하고 있으니까.

내 목줄을 쥔 여자.

반대로 내가 목줄을 쥔 여자.

같지만, 서로가 가진 다른 입장.

이해 불가능이나, 이해해야만 하는 입장.

'골 때리는군.'

생각 그대로였다.

지금 상황은… 정말 생각 그대로, 참으로 골 때릴 뿐이다.

그러나 말했듯이 이 상황은, 이 웃기고 이해 못하고, 어처구니없는 동행은 전쟁의 중요한 반전의 묘를 선사하게 된다.

*　　　*　　　*

대회전에서 대패하고 나는 순간 심양의 하늘은 순식간에 무너졌다.

정도의 모용세가는 군부와는 다른 심양의 경비였다. 한 성을 차지한다는 것은 사실 굉장히 힘들다.

무력으로 얻는다 해도, 민심을 얻지 못한다면 끝장이기 때문이다. 끝장이 나는 이유는 간단하다.

바로 황실의 개입이다.

그렇기 때문에 도성을 차지하는 문파들은 대게 정도의 문파였다.

사마라 할지라도 황실의 눈과 귀를 피해 패악질을 할 수도 없었다.

동창의 눈과 귀, 그리고 금의위에 수십만 대군을 상대할 방법은 결단코 없기 때문이다.

그래서 성은 먹은 문파들은 항상 민심관리에 힘썼다.

심지어 마도육가의 하나인 만독문조차 그랬다.

운남의 도성인 곤명에 비하면 작지만, 그래도 큰 현인 대리에 자리를 잡은 만독문은 원래가 부족에서 진화를 했기에 대리 단가의 영향력이 강했다.

하지만 그 영향력은 무력개입으로 나오는 영향력이 아니었다.

민심.

만독문. 아니, 대리 단가는 천심은 못 얻었어도 민심은 얻었다.

그래서 그들이 만독문이 주인이 됐을 때 대리는 물론 주변 현들 전부가 그들의 영향력을 자연스레 받아들인 것이다.

그런데 지금, 심양은 완전히 개판이 됐다.

심양군부가 무너졌고, 그에 그치지 않고 요동성에 존재하던 명의 군대가 박살이 났다.

마도와 북원의 기세는 하늘을 찔렀고, 그 찌르는 기세에 맞춰 마도육가의 무인들은 억눌러 왔던 광기를 터뜨렸다.

광기가 터지던 순간 개판은, 진화에 진화를 거듭해 아예 지옥으로 변해버렸다.

살인.

방화.

그 외… 수없이 많은 범죄들이 심양성에서 일어났다. 심양 주민들은 모조리 집의 문을 내리걸고 외출을 삼갔다.

그러나 그렇게 집 안에서 굶어죽을 수는 없는 노릇.

어떻게든 식량을 구할 방도를 마련해야 했다.

하나 밖은 지옥.

그러나 시간이 지나면 집안도 지옥이 될 터.

이들의 갈등이 고조됐을 때, 북원의 지원군이 심양에 들어섰다.

그 지원군을 이끄는 자는 아므라.

북원의 대장군 중 하나였다.

천리안 바타르와 버금가는 용장이자 지장인 그는 난장판이 된 심양성의 정비를 명했다.

동맹을 맺은 마도육가와도 협의를 거쳐 치안을 엄중히 했다.

평안을 뜻하는 이름처럼 그는 과연 민심이 얼마나 중요한지 아는 자였다.

심양성은 하루가 다르게 정비됐다.

여인을 겁탈하던 자는 걸리는 즉시 즉결처형을 내릴 정도로 엄중히 경고했고, 실제로 그 경고는 이루어졌다.

민심은 천심이라 한다.

마도육가의 패악 질을 막은 아므라를 과연 심양의 백성이 받아들일까. 아니면 받아들이지 않을까?

이미 나와 있는 답이었다.

계층이 낮은 백성들이 원하는 건 단 하나다.

바로 안정.

먹고 살 걱정만 안 하게 해주면 그걸로 족하다는 뜻이다. 물론 그런 계층 말고 관직에 있는 자들은 생각이 다르지만 그 수에서는 절대적으로 차이가 난다.

심양은 안정을 찾을수록.

북원의 군세를 인정하기 시작했다.

하루하루가 지날수록 점점 그 인정의 정도는 깊어져 갔다.

"대단하군. 역시 지략을 아는 자다."

심양의 객잔에 조용히 들어선 무린은, 현재 심양의 상태를 김연호와 연경에게 보고받고는 고개를 저으며 말했다.

무린의 말에 응답하는 사람은 둘이나 있었다.

당연히 북원의 대장군인 아므라를 잘 아는, 김연호와 연경이었다.

"바타르의 지략이 너무 뛰어날 뿐, 아므라도 사실 그에 뒤지지 않았던 적장입니다."

"맞습니다. 예전 막하에서 그의 계략에 걸려 고생했던 걸 생각하면… 지금도 치가 떨립니다."

"……."

둘의 대답에 무린은 고개를 끄덕이며 침묵했다.

막하에서의 전투는 무린도 기억이 난다.

적의 계략에 걸려 그 추위에 산속에서 거의 십 일을 있었다. 그것도 아무런 식량과 보급품도 없이.

동물을 잡아 그 가죽으로 몸을 보온하지 않았더라면 벌써 팔다리를 잘라냈거나, 아니면 그 추운 산에서 얼어 죽어 동물의 밥이 되었을 것이다.

버티는 것도 정도껏이지, 만약 지원군이 조금이라도 늦게 도착했다면 뒷일은 굳이 말하지 않아도 예상할 수 있었다.

"확실히… 정보가 없으니 답답하군."

무린은 인상을 찡그리며 말했다.

아므라가 이곳에 있다.

그는 결코 쉽게 볼 수 있는 존재가 아니다. 분명 천리안 바타르에 비하면 한 수 낮다고 평가하지만 솔직히 그 수는 큰 차이가 아니었다.

특히, 병력을 직접 조율해서 움직이는 용병술만큼은 천리안 바타르보다도 오히려 더욱 낮은 게 아므라다.

'그가 이곳에 있다는 걸 알았다면 어쩌면 이곳에 들어오지 않았겠지. 정보의 부재가 낳은 실수다…….'

무린이 그런 생각을 할 정도로… 아므라는 그만큼 위험한 존재였다.

무린이 심양성으로 들어오는 건 어렵지 않았다. 살짝 돌아 피난 행렬에 끼어들었을 뿐이다.

아므라가 펼친 정책에 맞물려 무린은 참 쉽게 통과한 것이다.

하지만.

이제 나가는 것은 쉽지 않을 것이다.

용병술의 귀장, 아므라가 있으니 말이다.

"철저히 작전을 짜야겠군."

"일단 탈출로의 확보가 시급합니다."

"그렇군."

하오문을 찾을 자신이야 있다.

청루나 홍루.

이 중 반드시 하오문이 있을 것이다. 물론 그곳이 본지가 아니겠지만 잘 만하면 찾을 자신이 있었다.

문제는 정보를 탈취했다 치더라도 때가 아니라면 열리지 않는 성문을 통해 도망치기란 불가능한 일.

그렇다면 성문이 아닌 다른 탈출로가 있어야 했다.

하지만 이곳은 도성이다.

과연 있을까?

"내가 자진해서 지옥으로 걸어 들어왔군."

"대주의 잘못이 아닙니다."

"아니, 내 잘못이다."

무린은 뼈저린 실수를 했다고 생각했다. 사람인 이상 실수는 하는 법이다. 하지만 그런 실수가 자주 반복되면, 그건 믿음과 신용이 없어지게 된다.

또한 자신의 실수를 인정하지 않아도 마찬가지다.

무린은 대주.

자신의 실수는 깨끗이 인정했다.

"어차피 비천대의 정보는 반드시 필요했습니다. 심양으로 오겠다는 대주의 판단은 확실히 나쁘지 않았습니다. 다만 상황과 정보의 부재가 이런 결과를 낳은 것일 뿐, 그러니 너무 신경 쓰지 마십시오."

"맞습니다. 호랑이를 잡으려면 호랑이굴로 들어가라는 말이 있다고 합니다. 대주도 아시는 말이니 무슨 뜻인지 아시리라 믿습니다."

둘의 말에 무린은 피식 웃었다.

나이 어린 이 둘이, 오히려 자신을 위로하고 있었다.

무린은 잠시 호흡을 가라앉히고 둘을 바라봤다.

입을 열려는 찰나, 인기척이 느껴져 무린은 입을 다물었다.

계단부터 올라오는 인기척은 곧바로 무린의 방으로 향했다.

똑똑.

"저 단문영이에요."

"안에 있다."

끼익.

무린의 답이 떨어지기 무섭게 단문영이 들어왔다.

목욕을 했는지 물기에 젖은 머리카락이 최초로 눈에 들어왔다. 살짝 까무잡잡한 피부에서는 요 며칠간 결코 볼 수 없었던 윤기가 흘렀다.

과연 여인인가?

단문영은 객잔에 도착하자마자 가장 먼저 한 일이 바로 목욕이었다. 무인이라고 하긴 했으나, 그 이전에 여인의 행동을 버리지는 못한 것 같았다.

어쨌든 그렇게 들어온 단문영은 아직 수양이 부족한 김연호와 연경의 시선을 단번에 빼앗았다.

물론, 무린에겐 어림도 없었다.

"먼저 식사라도 하지. 왜 왔나?"

"그냥, 도망이라도 갔나 싶어서요."

"약속한 게 있을 텐데?"

"그래도요."

에의, 묘한 미소와 함께 단문영이 탁자 앞에 앉았다.

"목욕물을 덥혀주던 여아에게 물어봤는데, 심양은 지금 북원이 완전히 장악해가는 것 같은걸요?"

"이 녀석들이 알아와 들었다. 저잣거리에 널리 퍼진 이야기더군."

실제로 김연호와 연경은 거의 일 각 만에 심양의 돌아가는 상황을 알아왔다. 당연히 은자가 가지는 힘으로였다.

필요도 없는 소채와 고기를 사면서 웃돈을 주고 물으니, 술술 다 나왔기 때문이다. 그 정보만 얻은 둘은 바로 복귀했다.

눈과 귀가 많은 곳이니, 더 이상 수상한 행동은 불가능했기 때문이다.

"그렇군요. 아, 비천대의 정보는 제가 알아줄게요."

"어떻게?"

"제 출신을 잊으셨나요?"

"아……."

무린은 의외의 말에 놀랐고, 단문영의 위치 때문에 한 번 더 탄성을 흘렸다.

그녀는 단문영이다.

대리 단가의 피를 이었고, 만독문의 직계이기도 하다. 그리고 만독문은 마도육가의 일가이고, 하오문은 마도육가와 동맹을 맺었다.

당연히 그녀는 하오문과 접촉하는 방법을 알 것이다.

"왜 이런 도움을 주지? 당신의 목적은 그저 동행… 아니었나?"

동행이라는 말에 또 거슬려 잠시 머뭇거렸지만, 이내 끝까지 말하자 단문영은 그저 웃을 뿐이었다.

그게 또 무린의 심기를 슬쩍 긁었다.

"……."

"……."

두 사람의 신경전인가?

서로 눈을 마주치고, 노려보고, 받아내고.

덕분에 난감한 건 김연호와 연경이었다.

김연호는 곧바로 어색한 표중으로 연경을 돌아봤고, 연경은 어깨를 슬쩍 으쓱하는 걸로 대답을 대신했다.

그런 둘의 행동을 무린은 눈치채고, 단문영을 노려보는 걸 멈췄다.

"대주. 이분의 신분이 어딘지는 대충… 짐작이 갑니다만, 지금은 저희가 찬밥, 더운밥 따질 때가 아닌 것 같습니다."

연경의 말이었다.

무린은 그 말에 말없이 고개를 끄덕였다.

맞는 말이다.

무린이 지금 그런 걸 따질 겨를이 아니었다. 얼른 한시바삐 비천대의 위치를 받아 길림성으로 가야 했다.

"그러지. 그 도움, 고맙게 받겠다."

"……."

단문영은 이번에도 말없이 웃었다.

그런 단문영을 보며 무린이 다시 말을 이었다.

"연호, 연경. 내려가서 식사를 시켜 놔라. 알아서 아무거나."

"네, 알겠습니다."

둘은 무린의 말에 곧바로 일어났다.

그리고 문을 열고 밑으로 내려갔다.

"이제 말해봐라."

"눈치채셨나요?"

"그렇게 눈으로 말하는데 모르는 게 바보지."

"그렇군요."

단문영은 조용히 웃었다.

이 여인이 무린의 말에 계속해서 웃고 있던 건 사실 괜히 그런 게 아니었다. 일종의 눈치를 주고 있던 것이다.

나, 할 말이 있어요.

이렇게.

무린은 처음에는 몰랐지만 두 번, 세 번 계속 그러자 눈치를 챌 수 있었다. 그래서 김연호와 연경을 내려보낸 것이다.

"진짜 이유를 말해주세요."

"……"

그 말에 무린은 대답하지 않았지만 눈빛은 말이 끝난 즉시 변했다.

차가움. 살기는 아니나, 서늘함이 정말 그득한 눈빛이었다.

"……"

"……"

잠시간 두 사람은 다시 침묵했다.

그러다 이번엔 무린이 먼저 입을 열었다.

"어떻게 알았지? 또 내 생각을 읽었나?"

낮게 깔려나온 그 목소리에 단문영은 고개를 저었다. 그러나 무린의 눈빛은 조금도 풀리지 않았다.

딱 봐도 믿지 못하겠다는 눈빛이었다.

결국 그런 눈초리에 단문영이 입을 열어 해명했다.

"약속을 어기지는 않았어요."

"그럼 어떻게?"

"이상했으니까요."

"이상했다고?"

"네."

"어디가?"

"제가 그동안 느껴온… 당신의 생각과는 다르기 때문이었어요. 굳이 심양이 아니어도 비천대의 정보는 얻을 수 있어요. 당신이 그걸 모를 리가 없을 텐데요?"

"……."

맞는 말이다.

심양이 큰 도시인 건 맞지만, 요녕성에 성이 하나밖에 없는 것은 아니었다. 심양의 동쪽에 있는 무순이나, 그 위의 삼각을 이루고 있는 철령, 철법. 그리고 개원도 상당히 큰 현이었다.

이런 곳에는 당연하게도 하오문이 존재한다.

그렇다면 그런 곳에서 구해도 되는데 굳이 무린은 심양으로 들어왔다.

　"마도육가는 물론 북원이 심양을 근거지로 삼을 것이라는 것도 당신은 알았을 거예요. 아닌가요?"

　"……."

　무린은 침묵했다.

　하지만 침묵은 긍정이라 하더라.

　단문영의 말이 계속됐다.

　"그런데도 이곳에 들어왔어요. 그렇다는 건 원하는 게 있다는 것, 아니면……."

　"아니면……?"

　무린이 반문했다.

　그 반문에 단문영이 묘한 미소를 지으며 곧바로 대답했다.

　"여기서 해결해야 하는 일이 있다는 것?"

　"……."

　정답인가?

　맞다.

　짝짝.

　무린은 박수를 쳤다.

　"만약, 내 생각을 읽지 않고 추리해낸 거라면 대단하다고 말해주지. 맞다, 나는 이곳에서 해야 할 일이 있다."

"그럴 줄 알았어요."

무린은 깨끗하게 인정했다.

하지만 인정할 수밖에 없었다.

인정하지 않았더라면, 아마 단문영은 무린의 생각을 읽었을 것이다.

그녀는 확신을 가지고 있었다.

그 확신을 깨지 못한다면 분명 생각을 읽었을 것이니 결코 좋은 일은 아니었다. 생각이 읽혀 들통 나기 전에 시인하는 게 차라리 더욱 깔끔하고 좋았다.

"머리가 좋군."

"이래봬도……."

싱긋.

뒷말은 하지 않고 그냥 웃었는데, 무린은 뒷말이 뭔지 알 것 같았다.

분명, 이런 말이리라. 불가해의 주인.

그 어렵고, 이해하지 못할 초고도의 상승공부를 이해한 여인.

구름 속, 구파나 십만 대산의 교단에게만 존재할 전설을 실지로 몸에 담은 여인. 그게 이 여인, 단문영이다.

머리가 나쁘다 말하고 싶어도 결코 그럴 수 없는 것이다.

"해야 하는 일이 뭔지… 알 수 있을까요?"

"말 안 해주면 읽겠지?"

"아마도요."

자신이 가진 패를 잘 활용한다.

비겁하다?

저열하고 속 좁고, 옹졸하다?

아니다.

이건 당연한 일이다.

상대의 약점을 쥐고 흔드는 건 병법의 기본 중 기본이다.

다친 왼쪽 손을 놔두고 오른손을 계속 쓰게 하는 건 멍청한 짓이다. 최소 왼쪽도 공격해 주거나, 아니면 양쪽 다 공략하는 게 전투, 전장의 기본이다.

무린은 속이 좋지 못하지만, 어차피 빼앗긴 칼자루를 이용하는 건 단문영의 몫이라는 것도 이해했다.

"정보 하나를 오기 전에 받았다. 하오문의 부문주가 이곳 심양에 왔다. 아마… 엊그제 정도겠군."

"죽일 건가요?"

"……."

무린은 대답하지 않았다.

다만, 처음처럼 눈빛을 바꾸었다.

죽일 거냐고?

물론.

아주 당연하다.

현 시점에서 가장 위협이 되는 건 마도육가도, 북원의 잔당
도 아니다.

바로 하오문이다.

그들의 타의추종을 불허하는 정보력과 공작능력 때문에
결코 밀리지 않을 전력으로도 속절없이 밀리고 있었다.

그렇다면 반대로 하오문을 마비시킬 수 있다면 반전의 발
판을 마련할 수 있게 된다.

"저를 이용할 생각이었군요."

"......"

단정적으로 말하는 단문영의 말에, 무린은 그것도 대답하
지 않았다.

왜?

맞는 말이다.

무린은 이 여자를, 하오문의 부문주를 죽이는데 이용하려
고 했다. 남자가 여자를 이용하다니, 웃긴가?

그럴지도.

강호의 입장에서 본다면 아마 그럴지도 모르겠다. 하지만
전장의 입장에서 본다면… 단 하나도 웃기지 않다.

무린은 단문영을 바라봤다.

단문영도 무린을 바라봤다.

마음이 통했을까?

둘은 동시에 웃었다.

하지만, 종류는 달랐다.

무린의 웃음은 서늘했고, 단문영의 웃음은 역시나 묘했다.

적도 아니고 아군도 아닌 애매한 관계.

"좋아요"

그녀의 입에서 허락의 대답이 나왔다. 서늘하던 무린의 눈동자가 그 대답을 듣고는 더욱 푸르른 한기를 뿌리기 시작했다.

第八十三章

장무개〈長無忌〉

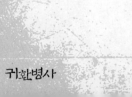
귀환병사

　무린이 심양에 들러야겠다고 마음먹은 건 사실 운삼과 헤어질 때 받은 전낭을 보고 나서부터였다.
　정확히는 전낭 속의 작은 쪽지.
　그 쪽지에는 정말 간결한 문장이 적혀 있었다.

　하오문(下午門) 부문주(副門主) 심양행(瀋陽行).

　그 세 단어를 본 즉시 무린은 운삼이 이 쪽지를 준 이유를 알 수 있었다. 더불어 무린은 자신이 해야 할 일도 곧바로 깨달았다.

또한 이 일을 해결하면서 비천대의 위치도 얻을 수 있다는 마음에 굳이 위험한 심양행을 결정지은 것이다.

그런 무린의 속뜻을 단문영은 눈치챘다.

아마, 그동안 무린의 마음을 읽어오면서 무린이 어떤 성격인지, 얼마나 생각이 깊은지 알고 있었을 터.

그러니 심양행이 이해가 안 갔던 것이다.

"다시 한 번 묻지. 정말 도와줄 건가? 내가 하는 행동은 마도육가의 동맹인 하오문을 치는 일이다. 그게 어떤 의미인지는 잘 알 터. 당신은 가족을 배신하는 길이 되고, 잘못하면 만독문이 마도육가의 공격을 받을지도 모른다. 그런데도 괜찮겠나?"

무린의 긴 말에, 단문영의 입이 열리며 한숨이 흘러나왔다. 흔들리는 걸까? 가족을 배신할 수도 있다는 마음에?

그러나 그건 아니었다.

"이런 전쟁… 차라리 끝나는 게 옳아요."

"……."

"그리고 전… 알 것 같아요."

"뭐가 알 것 같지?"

무린이 되묻자, 보이지도 않을 하늘을 올려다보고 싶은지 단문영의 시선이 천장으로 올라갔다.

그리고 잠시 침묵하더니 다시 입을 열었다.

"결국은… 질 것이라는 것을요."

"……."

결국은 질 것이다?

아마, 이건 단문영 본인의 입장에서 하는 말일 것이라 무린은 생각했다. 그렇다면 마도육가가 질 것이라는 뜻이다.

"어떻게 알지? 지금은 누가 봐도 마도육가와 북원이 유리한데."

"모르겠어요. 그냥 느껴져요. 이 전쟁은 파멸로 가는 길이라는 것을……."

"음……."

무린은 그 말을 허투루 듣지 않았다.

이 여인 단문영은 애초에 범상한 존재가 아니다. 불가해를 익혔고, 어쩌면 인간에서 이미 탈피한 영역에 들어섰을 수도 있었다.

예로부터, 이런 영역에 들어선 사람은 꽤나 많았다.

대표적인 게 지금은 그 맥이 끊어진 무산의 신녀다.

상고시대부터 내려오던 무산의 맥.

무산의 맥은 예언의 맥.

그렇기에 구파가 항상 그곳에 주둔하며 무산의 맥을 보호했었다. 하지만 명이 건국되던 시기, 그 시기에 무산의 맥은 단절됐다.

무슨 참사를 겪은 게 아닌, 자연스럽게 신녀가 태어나지 않았다.

단문영도 불가해의 계승자.

하지만 무산의 맥은 더욱더 난해하고 어려운, 그야말로 천지의 비밀을 품어야만 가능한 불가해다.

하지만 둘 다 불가해.

'불가해는……'

무린 본인도 익혔다.

상식을 넘어선 무공.

삼륜공.

천하 무공의 본산이라는 소림을 대항하고 싶었던 무인이 만들어낸 절학. 하단전은 물론, 중단, 상단까지 사용하는 공부다.

천하 무공 중 이런 공부는 정말 몇 개 없다.

보통의 무학은 대부분이 하단을 이용한다.

좀 이름이 알려진 문파나 무인은 상단과 중단을 이용한다.

상단.

상단의 무공은 정말 대문파. 혹은 거대세가에나 존재한다.

오대세가.

마도육가.

그 외 남해 보타문이나 요동 모용가, 하북 석가장 등이 대표적이다. 하지만 그곳의 상단무공도 따로 독립이다.

상, 중, 하단전을 모두 따로 사용한다.

하지만 무린이 익힌 삼륜공은 그 셋을 전부 이용한다. 이런 공부는 아마, 구파에서나 존재할 것이다.

그러나 무린의 삼륜공은 그저 기감을 넓혀주고, 정확하게 만들어줄 뿐, 저렇게 신기에 가까운 예감을 다른 영역에서 받아들이지는 못한다.

'혼심을 떨쳐 낼 수 없는 건 역시 그 급이 달라서인가.'

무린의 생각은 맞는 생각이었다.

삼륜공은 상, 중, 하. 이 세 개의 단전을 고루 사용한다. 그렇기 때문에 균형이 엇비슷하게 맞아 떨어져 어느 한쪽이 심하게 우월하지 않다.

가장 먼저 익힌 일륜공이 가장 성장했고, 그 다음으로 익힌 이륜, 그 다음이 삼륜이다. 하지만 단문영이 익힌 혼심독은… 혼전한 상단전의 절학.

오직 머리로 깨우친 공부다.

그렇기 때문에 무린의 이륜이나 삼륜이 혼심에 대항할 수가 없는 것이다. 겨우 알아채고, 반항이나 할 뿐.

하늘을 보던 단문영의 시선이 무린에게 향했다.

"당신도 특이한 무공을 익혔죠?"

"……."

무린은 대답은 안 했지만 고개는 끄덕였다.

"그런 당신에게는 느껴지지 않나요?"

"……."

무린은 이번에는 대답 대신 고개를 저었다.

그러자 단문영이 빙긋 웃으며 말했다.

"그럼 다행이네요. 아, 솔직하게 얘기하면… 저는 오라버니가 출전하는 그날, 느낄 수 있었어요. 오라버니가 저 문을 나서는 순간… 다시는 못 보겠구나. 그런 것을 느끼고 오라버니를 따라갔어요. 몰래."

"누가 오라버니를 죽이려고 했는지 알기 위해서였나?"

"네. 머나먼 타지에서 죽은 오라버니의 복수를… 할 수 있는 것도 나밖에 없다고 느꼈으니까요."

"천명이라는 건가?"

"……."

무린의 반문에 이번에는 단문영이 침묵했다.

담담한 눈빛, 목소리로 천천히 다시 입을 여는 단문영.

"운명이에요. 이렇게 될 수밖에 없던. 다른 사람들이라면 결코 이해하지 못하겠지만… 당신은 이해할 거예요."

"……."

운명이고 천명이고, 무린은 믿지 않는다.

하지만…….

이쯤 되면 안 믿기도 힘든 노릇.

모든 상황이 그렇게 흘러가기 때문이다.

삼륜공, 어머니, 가족, 혼심, 단문영, 비천대.

그리고… 전쟁.

"감상에 빠진 얘기는 그만할게요. 제가 어떻게 도와주면 되죠?"

차분한 목소리로 단문영이 무린에게 물었다. 그 목소리에 무린도 상념에서 벗어나 단문영의 말에 대답했다.

"접선이다. 그리고 비천대의 위치를 알아다오. 당신은 비천대에 복수를 할 명분이 있으니 하오문에서도 정보를 주겠지."

"그 후는요?"

"내가 알아서 하지. 아, 탈출로도 부탁하지."

"좋아요. 내일부터 찾아볼게요."

"좋아."

대답한 직후 무린이 일어서자 단문영도 일어났다.

일층으로 내려가자 텅 빈 객잔에 홀로 자리를 잡고 있는 김연호와 연경이 보였다.

아직 음식은 나오지 않았는지 탁자에는 식은 찻잔과 잔이 두 개.

"얘기는 끝나셨습니까?"

"그래, 식사는?"

"지금 내오라고 말하겠습니다."

김연호가 손을 들자 아직 앳된 끼가 가득한 점소이가 후다닥 달려왔다. 김연호가 음식을 내오라고 시키자 점소이가 다시 꾸벅 인사를 하더니 부엌 쪽으로 달려갔다.

"내일은 나가서 무기를 구해와라. 나는 적당한 단창 두 개가 좋겠다."

"알겠습니다."

연경이 그 말을 받았다.

지금 무린이나 김연호, 연경은 완전한 비무장 상태였다. 무린이 쓰던 철창은 물론 옷 안에 입었던 가죽갑옷까지 전부 버린 상태였다.

심양에 들어오려면 그럴 수밖에 없었다.

패를 보이면서 정상적으로 진입할 수 없었고, 피난민은 쉽게 들어오는 걸 보고 그 무리에 섞여 들어왔다.

피난민이 무장을 하는 건 당연히 말도 안 된다. 그래서 심양성에서 다시 구할 생각을 하고 원래의 무장은 적당한 곳에 전부 묻어놓고 왔다.

이제 심양으로 들어왔으니 다시 무장을 갖춰야 했다.

아직 무린은 무기의 유무에 구애를 받는 지고의 경지가 아니었다. 그러니 김연호나 연경은 말 할 것도 없었다.

잠시 기다리자 음식이 나왔다.

무린은 젓가락을 들다, 천천히 객잔의 입구로 시선을 돌렸다.

간질간질.

단문영도 고개를 돌려 입구를 바라본다.

이런 둘의 행동에 김연호와 연경도 뒤늦게 입구를 쳐다봤다.

끼익.

문이 열리고 거침없이 흑의를 걸친 노인이 들어섰다.

그는 객잔에 들어서는 그 순간 무린이 앉아 있는 탁자를 향해 곧바로 걸어왔다.

무린은 움직이지 않았다.

적의는 없다.

그런 기색을 읽을 수 있었다.

또한 그와 다른 한 가지를 더 읽을 수 있었다.

'굉장한 고수…… 이건, 전대의 검왕보다도 강하다…….'

심하다.

어머니의 처소 근처에서 만났던 숙부, 남궁무원.

이자는 최소 그와 동급이거나, 아니면 더욱더 강할 것 같았다. 열린 상단에서 보내오는 모든 정보가 그랬다.

절대로 대적 불가.

그의 얼굴을 보는 그 순간, 온몸의 털이 바짝 일어서는 느낌이다. 심지어 솜털조차, 아무런 기세도 풍기지 않는 이 흑의노인에게 질려 버렸다.

갑작스러워도 너무 갑작스럽다. 게다가 이런 강자의 출현은 무린의 사고를 일순간 정지시켜 버렸다.

김연호와 연경은 경계한다.

자리에서 벌떡 일어나더니 무린의 앞을 막으려 했다.

하지만 곧바로 둘의 움직임이 멎어버렸다.

강제적으로.

단문영의 얼굴은 하얗게 질려 있었다.

상단을 연 건 그녀 역시 마찬가지.

그러니 알아본 것이다.

이 흑의노인의 숨기고 있는 어마어마하게 높은 경지를.

둘을 강제적으로 정지시킨 흑의노인이 그런 무린을 보며 입을 열었다.

"숨겨놓은 걸 느낀 모양이구나. 특별한 기공으로 상단을 연 모양이야. 허허, 하긴. 그래야 무원의 핏줄이지."

팟!

그 말에 일순간 정신이 들었다.

"누구십니까?"

무린이 자리에서 일어나며 물었다.

그러자 흑의노인은 대답 대신 자리에 앉았다.

"앉게나."

"누구신지 물어… 어?"

무린의 몸이 스르르 내려앉았다.

노인이 손짓과 동시에 일어난 일이었다.

'나를… 강제적으로 앉혔다?'

어처구니없는 일이다.

무린이 누군가.

삼륜공의 주인이고, 이미 절정의 끝사락에 도달한 무인이
다. 그런 무린을 손짓 하나로 강제로 자리에 앉혀버렸다.

"자네가 서 있으면 이 늙은 내가 목이 아프다네. 그러니 이
해하게나."

"……"

도저히 믿지 못할 일을 겪어버려, 무린은 그 말에 어떠한
대답도 하지 못했다.

아니, 귀에 들리지도 않았다.

"우선, 이 두 아이 좀 잠깐 다른 곳에 가 있게 해주겠나? 식
사 중에 미안하네만 내 시간이 없네. 그래서 바로 얘기를 하
고 가야 하네."

"…김연호, 연경. 이층에 올라가 있어라."

거절할 수가 없다.

만약 무린이 명령하지 않는다면?

뒤야 뻔하다.

이 노인이 적의를 갖는 순간…….

끔찍해질 것 같았다.

아무런 기세도 느껴지지 않고, 얼굴에서는 현기마저 느껴지지만 그걸 곧이곧대로 믿을 수도 없는 노릇이었다.

일단 따른다.

대화를 하고자 한다니 얌전히 따르는 게 상책이라 생각했다. 무린의 성격 따위는 스스로 깡그리 무시하게 만드는 노인이었다.

"대주, 하지만……."

"올라가라."

"…예."

둘은 무린의 말에 반문하고, 이 자리를 지키고 싶어 했지만 그건 이 노인의 숨겨진 힘을 느끼지 못해서였다.

실수하기 전에 무린은 강제적으로 올려 보냈다.

둘이 사라지자, 무린은 노인을 다시 바라봤다.

강직한 얼굴에 백발, 백미도 인상적이지만 가장 인상적인 건 두 눈에 깃들어 있는 현묘한 기운이다.

범인은 결코 못 알아볼, 무린의 경지에 들어서야만 알아차릴 수 있는 현묘함이 노인의 두 눈 속에 담겨 있었다.

"소개하지. 개방에서 나온 장무개(長無丐)라 하네."

"…진무린입니다."

"단문영이에요……."

스스로를 장무개(長無丐)라고 밝힌 노인에게 무린도 자신을 소개했다.

그리고 잠시 뒤, 눈이 동그랗게 커졌다.

어디서 왔다고?

'개방?

일방?

구파 일방의 그 개방을 말함인가?

"개방이라면… 혹시 구파 일방의 개방을 말씀하시는 건가요?"

단문영이 정신을 차리고 조심스럽게 되물었다.

그러자 흑의노인이 고개를 끄덕이며 대답했다.

"그렇다. 만독문의 아이야."

"아……."

과연 개방.

단문영이 만독문의 여인인 걸 금방 알아차린다.

그 후 단문영을 잠시 동안 현기가 가득 담긴 눈으로 바라보더니 말을 이었다.

"혼심의 맥을 이었구나. 실로 오랜만에 불가해의 맥을 이었어."

"……."

지켜보는 것만으로도, 단문영이 혼심독주임을 알아본다. 그 후 다시 무린을 바라보더니 말을 이었다.

"그 혼심은 여기 이 아이와 이어졌구나. 쯔쯔, 오라비가 죽은 복수심에 걸었다만, 알고 있느냐? 혼심공이 본디 너무나 사랑했던 연인과 한날에 죽고 싶었던 무인이 만든 것임을?"

"……."

단문영은 침묵한다.

무린은 고개를 잠시 갸웃하더니, 단문영을 바라봤다.

그 상황에서 장무개의 말이 이어졌다.

"하긴, 무공이 만들어진 연유야 중요한 게 아니겠지. 하지만 죽어도 한날이요. 사는 것도 같이하게 될 것이다."

"……."

"……."

무슨 소린지, 무린은 이해했다.

그리고 생각했다.

구파 일방.

구름속의 구파와 일방은… 과연 명불허전이다.

오대세가와는 그 급이 달랐다.

남궁무원은 사람이라는 인식이라도 있었지만, 이 노인 장무개는… 마치 선인 같은 느낌이 강했다.

"이 이야긴 그만 하고, 내 용건을 말하마. 내가 온 건 황상(皇上)의 부탁을 받아서다. 이미 북방상단주가 너에게 쪽지를 전달했겠지만, 내 더 보충해 주려 왔다. 이유는 별것 없다. 지금 비천객의 실력으로는 그 마녀를 이기지 못한다."

"마녀?"

무린이 되물었다.

그러자 장무개가 고개를 끄덕였다.

"그렇다. 마녀다. 그 어떤 수식어도 필요 없다. 그 여자는 마녀, 그 자체다. 또한 그녀를 지키는 백기사도 마찬가지다. 현재의 너로서는 결코 넘을 수 없다. 실제로 이곳에 온 건 하오문 분문주가 아닌 마녀, 그녀가 와 있다. 북방상단주 그 애송이가 그것도 모르고 너에게 서신을 전달했다고 해서 황상의 부탁을 받고 내 직접 왔다."

북방상단주는 당연히 운삼을 말함이다.

그렇다면 그는 황제에게 자신한테 쪽지를 전달했다는 걸 알렸고, 황제가 다시 장무개에게 전했다는 뜻이 된다.

현 황제 선덕제는 무린에게 은을 입었다.

그건 호왕의 난 당시, 동생인 남선공주의 구명을 말한다.

그렇기에 베풀어진 호의(好意)다.

무린은 그런 생각을 접고 물었다.

"마녀가 그렇게 강합니까?"

무린의 되물음에 장무개가 대답한다.

"강하다 말다. 아니, 그냥 강하다는 말로 설명할 존재가 아니다. 구파의 맥을 어디서 이은건지는 모르지만… 너무 강하다. 너는 나를 감당할 수 있겠느냐?"

"……."

그 질문에 무린은 고개를 저었다.

장무개를 감당?

어림도 없는 소리다.

일방, 개방의 인물이다.

나이와, 이런 기도를 생각해 보면 분명 수뇌부급 인물일 것이다. 무력 자체도 느껴지지 않는 상대.

일반인의 눈엔 그저 풍채 좋은 노인, 아니면 건장한 노인이다.

그러나 그 속은 결코 아니다.

대해. 하늘.

모두를 담고 있었다.

적어도 무린이 느끼기엔 그랬다.

"마녀는 나도 감당하지 못한다. 이 나이가 되면… 아니, 이 경지에 달하면 보는 것만으로도 판단이 가능하다. 너보다 더

욱 확실하게. 그런 내가 그 마녀를 보는 순간 느꼈다. 나 혼자
는 결단코 불가능하다는 것을. 더욱이 그의 호위라는⋯ 금발
의 색목인도 마찬가지다. 엄청났지. 그 속에 품은 엄청난 대
력을 나는 느꼈다. 그조차 내가 감당할 수 없는 고수였다. 그
러니 너는 더욱더 어림도 없다."

"그러면 포기해야 하겠군요."

"그래. 그래서 내가 왔다. 하오문, 그에 관련된 일은 내가
알아서 하겠다. 너는 내가 비천대의 위치를 알려줄 테니 이후
바로 떠나거라."

"⋯⋯."

하오문은 현 상황에서 반드시 제거해야 한다. 하오문을 쓸
어야 이번 전쟁의 반전의 묘가 생성될 것이다.

하지만 힘들다.

어떡해야 하나?

고민할 것도 없었다.

개방의 인물이 거짓말을 할 일도 없거니와, 거짓말이 아니
라도 장무개의 말은 따라야 했다. 그게 답이라고 무린은 느꼈
다.

알았다고 대답을 할 찰나, 무린은 장무개의 얼굴이 딱딱하
게 굳는 걸 봤다.

"이런⋯⋯."

동시에 흘러나온 탄성.

무린은 직감적으로 무슨 일이 벌어진 것을 깨달았다. 그래서 삼륜공을 극한으로 끌어올려 상단전을 개방했다. 열린 상단전과 삼륜이 돌며 무린의 기감이 퍼지고 퍼지면서 주변의 정보를 무린에게 차곡차곡 보내왔다.

'아무것도… 음…….'

어떤 위협적인 것도 느끼지 못해 기감을 거두려는 찰나, 객잔의 문이 열렸다. 어처구니없는 일이었다.

코앞에 있는데도 몰랐다.

문이 열리지 않았다면… 아마 더욱 몰랐을 것이다.

장무개는?

그도 뒤늦게야 알아차렸다는 뜻이다.

이미 영역에 들어서고 나서도 몰랐다는 뜻이다.

'이 무슨…….'

여인이 들어왔다.

중원천하에서 색목인을 뜻하는 금발에 눈을 아예 감고 있는 여인이 객잔으로 들어왔다. 그 뒤를 따라 마찬가지로 금발. 거구의 색목인이 들어섰다.

무린은 본능적으로 이 여인이, 장무개가 말한 마녀라는 것을 깨달았다.

'이건…….'

느껴진다.

오감을 넘어, 미지의 영역인 육감이 보내오는 정보를 무린은 낚아챘다. 하지만 그러지 않는 게 좋았을 걸.

이 여인은……

무저갱이다.

그 끝을 알 수 없는 깊고 깊은 무저갱이다.

암흑.

그것밖에 느껴지지 않았다.

칠흑보다 깊은… 무저갱이 느껴졌다.

第八十四章 마녀(魔女)

귀환병사

"으으……."

신음이 들렸다.

진원지로 시선을 돌려보니, 옆에 있던 단문영이었다. 그녀는 문을 열고 들어온 금발버리의 여인을 보더니 두 눈이 급격히 흔들리고 있었다. 무엇이 그렇게 괴로운 걸까. 게다가 괴로움이 점점 심해지는지, 이빨까지 딱딱 부딪치며 소리를 냈다.

'공포…….'

무린은 이런 행동을 하는 사람들을 수없이 봤다. 물론, 그것도 북방에서였다.

전쟁에 징집되고, 첫 전투를 하기 전이나, 아니면 하고 나서 대부분 이런 반응을 보인다.

두려움에 몸이, 사지 육신이 말을 안 듣게 되는 것이다.

아무것도 들리지 않고.

아무것도 보이지 않게 된다.

무린은 단문영의 앞을 막아섰다. 그리고 시선을 돌려 다시 여인을 바라봤다.

기잉.

기이잉.

삼륜이 미처 돌지도 못한다.

삼륜은 기공이다.

주인을 보호하는데 있어서는 타의추종을 불허하는 능력을 보인다. 그런 삼륜이 아무런 반항도 못하고 있었다.

광검을 만났을 땐 정말 격렬하게 저항을 했다. 그런데 지금은… 아무것도 못하고 있었다. 애처롭게 울면서, 어디론가 숨으려고 하는 기색이다.

'통제가 안 돼…….'

삼륜공을 익히고, 이런 경우는 정말 처음이었다.

끌어올리려고 해도 삼륜은 통제를 벗어나 자꾸 회전을 멈췄다. 마치 자신의 존재 자체를 들키지 않으려는 것처럼 행동하고 있었다.

무린은 이 사태의 원인을 바라봤다.

'이 여인…….'

금발에 눈을 감은 여인.

장무개와는 아예 다른 차원이다.

천하일방.

개방의 인물인 장무개는 선인처럼 느껴진다.

그러나 이 여인은 아예 깊고 어두운 칠흑의 암흑밖에 느껴지지 않는다. 가는 길을 달리하고 있다는 것.

그래서 궤가 아예 달랐다.

"어찌 알았지……?"

장무개가 신음 섞인 목소리로 마녀라 불리는 여인에게 물었다.

사르르……. 남심을 녹이는 미소가 흘렀다.

"내 눈을 피할 수 있는 곳은 이 심양성에는 없다."

"으음……."

장무개의 침음이 흘렀다.

심양.

그게 어디 시골 동네 이름도 아니고, 요녕이라는 한 성의 도성이다. 도대체 몇이나 살고 있는지 가늠도 할 수 없다. 그 때문에 크다.

대충 큰 게 아니라, 엄청나게 컸다.

그런데 이 심양에서 자신의 눈을 피할 수 있는 곳이 없단다.

'그게……'

가능한가?

불가능하다.

그게 정상이었다.

하지만 무린은 저 여인이 거짓말을 하고 있는 것 같지 않았다. 아니, 거짓말이 아닌 것이란 걸 본능적으로 느끼고 있었다.

그래서 무린은 어이가 없었다.

이 거대한 도성을 자신의 영역 안에 넣고 있다는 소리가 너무나 현실감이 없었다.

"왜 들어왔지? 내가 이곳에 있다는 걸 알고 있었을 텐데?"

"이 녀석을 구하러 왔다……"

"이 녀석? 아아, 그 뒤에 비천객 말이군."

"그래……"

단숨에 여인은 무린을 알아봤다.

고혹적인 미소를 짓고 무린을 바라보다 다시 장무개에게로 돌아가는 시선. 마치 무린은 안중에도 없다는 태도였다.

"내게 대항하기 위해 그 아이가 키우는 인물인가?"

"......."

장무개는 침묵했다.

무린은 무슨 소린지, 알아들을 수가 없었다.

대항?

그 아이?

키운다?

무슨 소린지 도통 이해가 안 갔다.

하지만 하나는 알 수 있었다.

저 물음에 장무개가 침묵한 걸로 보아, 저 여인의 말이 맞다는 사실을 말이다.

'내가 모르는 게 있어.'

무린은 이 상황에서도 냉정하게 상황을 분석했다. 싸움이 벌어지면 몰살이다. 창도 없고, 장무개가 저 여인을 감당한다고 해도 그 뒤에 있는 거구의 기사.

도저히 감당할 자신이 안 섰다.

저 거구의 기사도 최소 장무개와 비슷해 보였다.

감히 측정이 불가능한.

'전대의 검왕. 아니, 아니야......'

그조차 상대가 안 될 것 같았다.

'황보악이 말한 거구의 기사가 이자였군.'

중천을 구할 때 잠시 동행했던 황보악이 거구의 색목인 기사를 보았다고 했다. 말도 안 되는 무력을 갖춘 고수였고, 그 소속을 알 길이 없었다고 했다.

'……'

꿀꺽.

저절로 마른 침이 목구멍을 타고 내려갔다.

얼굴의 나이로 보아, 많아봐야 자신과 비슷한 연배로 보이지만 느껴지는 것은 너무나 거대하기만 하다.

'다른 세상……'

천외천이라 하던가?

하늘 밖의 다른 하늘.

구주의 하늘.

그 하늘을 벗어나 다른 하늘에서 살고 있는 무인인 것이다.

"나는 내게 대항하는 자를 살려두지 않는데… 어쩌지? 그 아이가 공들여 키운 저 비천객이란 아이를 내가 어찌해야 할까? 말해봐라. 장무개."

"……"

마치 남자 같은 말투.

그러나 너무나 잘 어울렸다.

"대답하라고 했다, 장무개. 그리고 어째서 여기에 있지? 그 아이가 키우는 비천객은 왜 또 여기에 있고."

"……"

장무개는 대답하지 못했다.

몰아붙이는 여인의 말에, 장무개는 어떤 대답도 하지 못했다. 무린도 감히 측정하지 못했던 장무개라는 고수가, 저 여인에게 감히 항거를 하지 못하고 있었다.

그 뜻은 결국 하나.

저 여인이 측량 자체를 벗어난 무인이라는 뜻이다.

"실… 수다."

뒤늦게 장무개가 대답했다.

들리는 게 마치 겨우, 억지로 쥐어짜낸 대답이었다.

"실수?"

피식.

여인이 웃었다.

"그 어림없는 말을 내가 지금 믿을 거라 생각하는 건 아니겠지?"

"진짜다……."

꿀꺽.

장무개가 침을 삼켰다.

극도로 긴장하고 있다는 뜻이다.

무린은 뒤에서 그걸 온전히 볼 수 있었다. 그러나 감히 나설 생각도 하지 못했다. 무린은 느끼고 있었다.

자신은 무력하다.

그러니 감히 자신이 낄 자리도 아니다.

철저하게 이 두 가지를 느끼고 있었다.

꾸욱.

옷자락이 당겨졌다.

뒤에 있던 단문영이 무린의 허리춤을 잡고 얼굴을 등에 기댔다.

좋아서? 당연히 아니었다.

이젠 서 있을 기력도 없어서였다.

질리고 질려, 더 이상 질릴 것도 없어서 무린에게 기대고 겨우 서 있을 뿐이었다.

그렇다면 무엇 때문에 단문영이 이렇게 괴로워할까?

무린은 알 수 있었다.

'보지 말아야 할 것을 본 대가.'

불가해인 혼심을 터득하면서 상단을 극으로 연 단문영.

무린보다도 깊게 파고들은 다른 영역에서 보내준 정보가 단문영을 저리 괴롭게 만들고 있는 것이다.

아마, 무린보다 훨씬 많은 것을 봤기 때문에 그럴 것이다.

무린은 반대로 많은 것을 보지 못하니 이렇게 상황판단을 할 수 있었고.

그런 생각을 하는 사이에 금발의 여인과 장무개의 대화는 계속되고 있었다.

"좋아. 실수라고 치고… 장무개, 요즘 그 아이가 너무 설치더군. 대놓고 활동하던데?"

"협약을… 어기지는 않았다."

"그래, 어기지는 않았지. 직접적인 개입은 아니고, 그저 광검만 구해갔으니까. 하지만 거기서 내 부하들이 하나라도 죽었다면 그 즉시 협약은 깨졌다."

"죽이지 않았으니, 깨지지도 않았다."

"후후. 그렇지."

"……"

여인의 웃음에 장무개는 극도로 긴장했는지 주먹까지 말아 쥐었다.

하지만 그게 여인의 심기를 자극했나?

웃음은 멈췄지만, 싸늘한 미소를 흘리며 여인이 말했다.

"주먹 풀어, 장무개."

"……"

굴욕적인 언사에 장무개는 침묵했다.

그리고… 주먹이 풀렸다.

무린의 두 눈이 흔들렸다.,

무인의 자존심이… 무너지는 것을 목격했기 때문이다.

휘이잉.

매서운 바람이 불어닥쳤다.

정확히는 매서운 무언가가 객잔으로 들어서면서, 그 후폭풍이 일어났다. 먼지를 잔뜩 동반한 풍이 가라앉았을 때, 일남 이녀의 모습이 보였다.

'어?'

그리고 그 일남 이녀 중에는 무린이 아는 사람도 있었다.

소향.

두 명의 여인 중 작은 체구의 여인은 무린이 보기에 분명 소향이었다.

힐끔.

무린을 한 번 쳐다본 소향은 곧바로 다시 금발의 여인에게 시선을 돌렸다.

"오랜만이에요."

소향의 차가운 인사에 입꼬리가 말려 올라가는 금발의 여인. 그 웃음은 반가움 같았지만 자세히 보면 차디찬 조소가 들어 있었다.

"그래, 오랜만이구나. 꼬마."

"그 꼬마라고 비웃는 건 여전하네요?"

"후후, 어쩔 수 없지 않나. 너와 내가 살아온 세월이 다른데."

"홍."

소향은 픽 고개를 돌렸다.

그 대화를 들으며 무린은 의문이 들었다.

'살아온 세월이 다르다?'

무린이 알기로는 소향의 나이도 그렇게 적지 않았다. 지나치게 어려 보일 뿐, 실제로는 무린보다 단 몇 살 아래일 뿐이다.

'소향이 지금 적어도 서른은 됐을 텐데.'

그런 소향을 완전히 어린애 취급하고 있었다. 무린이 보기에 금발여인의 나이는 자신과 비슷해 보였다.

그것도 최대한 많게 봐줘야 자신과 비슷해 보였다.

그렇다면 서른 초반에서 중반이어야 하는데, 장무개에게 거침없는 하대를 하는 걸 보면 서른은 또 넘어 보였다.

물론 장무개의 나이는 최소 문인과 동급처럼 보였기 때문에 금발여인의 말투는 분명 예의가 없는 것이겠지만, 그게 너무 자연스러워 전혀 문제가 되어 보이지 않았다.

듣는 장무개 또한 결코 그 하대에 신경 쓰지 않았다.

장무개가 신경 쓰는 건 온전히 금발여인의 존재. 그 존재 자체를 경계하고 있었다.

"왜 왔니. 꼬마? 여기는 알다시피 내 영역이거늘?"

"저분 구하러 왔어요."

"후후, 후후후."

소향의 말에 금발여인은 무린을 바라봤다. 눈동자가 보이지도 않았지만 무린은 분명 저 여인이 자신을 바라보고 있다는 걸 느꼈다.

눈꺼풀 속에 숨겨진 눈동자가 마치 자신을 직시하고 있는 것처럼 느껴졌다.

꽈악.

등 뒤에서 옷을 잡은 단문영의 손에 힘이 더욱 들어갔다.

그리고 잠시 진정됐던 단문영이 다시 떨기 시작했다.

단지 금발여인의 시선이 이쪽으로 향하고 나서부터였다.

그만큼 두렵다는 것.

무린도 뒷목이 뻣뻣해지는 걸 느꼈다.

온 신경이 저절로 긴장을 하고 있었다.

말아 쥔 주먹 안에 땀이 차기 시작했다.

의식이 아닌, 무의식이 대비를 시작한 것이다.

삼륜은 여전히… 통제를 벗어나 있다.

등골을 타고 식은땀이 흘렀다. 그에 허름한 장삼이 곧바로 축축하게 젖기 시작했다.

무린은 깨달았다.

육체의 통제권을 빼앗겼음을.

'허어…….'

또한 이 빼앗긴 통제권은 저 여인이 시선을 자신에게 돌리고 난 직후부터였음을 같이 깨달았다.

신기했다.

그저 바라만 보는 것으로…….

자신의 육체통제권을 빼앗아갈 수 있다는 사실이.

분노?

투기?

무린은 확실하게 깨닫고 있었다.

저 여인은… 그런 만용을 부릴 대상 자체가 아니라고.

흔히 급이 다르다고 한다.

일류와 절정을 비교하면 가장 확실한 게 그냥 급이 다르다. 이렇게들 얘기한다. 절정인 무린과 저 여인을 비교하자면…….

급이 다르다라는 말로도 설명이 불가능하다.

아예 다른 세상에 사는 존재다.

후웅.

날카로운 예기가 공간을 가르고, 동시에 코끝을 간질거리는 매화향이 흘렀다.

철컥. 무린의 시선을 돌리니 긴 머리를 늘어뜨린 여검사 한 명이 보였다.

'아…….'

역시 오랜만에 보는 얼굴.

날카롭고, 서늘한 인상이 강한 미가 돋보이는 검란이었다.

천하오악.

그중 서악.

화산.

그 명성에 걸맞게 명산, 화산에는 도도한 정기가 흐른다.

그래서 그곳에 자리 잡은 도가검문 화산.

암향표(暗香飄).

이십사수매화검(二十四手梅花劍法).

그리고 도가의 정통을 잇는 자하기공(紫霞氣功), 자하신공(紫霞神功).

다른 구파들과 마찬가지로 구름위로 흘러갔지만 검란은 그런 대화산의 정기를 받으며 검을 배운 여검수였다.

무린도 정확한 무위를 측정할 수 없는 고수.

예전에는 무린의 경지가 턱없이 낮아 아무것도 몰랐지만, 지금은 보였다.

'강하구나……'

그것도 터무니없이.

북방에 있을 당시 강신단주와 검을 겨루는 걸 보기는 했다. 하지만 그 당시는 그저 대단하다고 느낀 게 전부였다.

'장무개와 동급……'

적어도 눈앞, 개방의 장무개와 비견해도 검란은 조금도 밀리지 않을 것 같았다. 아니, 어쩌면 더욱 강할지도.

"건방지구나."

"……."

금발여인의 입에서 싸늘한 말이 흘러나왔고, 검란은 그저 침묵한 채 검병을 매만졌다. 언제든 출수할 수 있게 잡은 자세였다.

"아직 협약은 끝나지 않았어요."

"알고 있다. 한명운 그와 한 약속은."

"……."

으득!

침묵했으나 소향의 이가 격렬하게 갈렸다.

무린은 한명운. 그 이름에 주목했다.

'들어보았는데… 아, 전대의 문성.'

스승, 문인에게 들었던 말이다.

문인이 젊었을 적, 당대의 신성이던 문인을 완벽하게 침묵시킨 학사. 아니, 듣기로는 군사출신이라 들었다.

'소향은 전대 문성의 제자였구나.'

어째서 소향이 그리도 박식하고, 뛰어난지 알 수 있었다. 하지만 반대로, 무린은 궁금증이 적나라하게 피어오름을 느꼈다.

하나 지금은 아니다.

이 흐름에서 무린은 스스로가 침묵해야함을 느꼈다. 그저 돌아가는 상황을 지켜보는 게 답이라 생각했다.

"알고 있으면서 이러긴가요……?"

"내 영역에 먼저 침범한 건 너희다."

"실수예요. 전달 과정에서 나온 실수."

"실수? 후후. 후후후."

금발여인은 조소했다.

허리를 숙이고 큭큭거리는 데, 무린은 거기서 지독한 불안감을 느꼈다.

불길하고, 칠흑에 둘러쌓인 감각이 느껴졌다.

그에 객잔의 분위기가… 완전히 일변했다.

무겁고, 차갑고, 소름끼쳤다.

금발 여인이 기도를 개방한 것이다.

"큭……!"

어마어마한 중압감이, 무린을 찍어 눌렀다.

"으으……."

단문영이 다시 벌벌 떨기 시작했다.

그저 기파만으로.

기세를 일으키는 것만으로.

무린을 떨게 만들었다.

'이게……. 크윽!'

속으로도 저절로 비명이 흘렀다.

스윽.

이를 악문 무린의 눈에 여인이 손을 들어 올리는 게 보였다.

그걸 보며 무린은 상상했다. 저걸 내리그은다면?

대체 어떤 일이 벌어질까?

자신에게 그어진다 생각하면…….

"아……."

저절로 입에서 탄식이 흘렀다.

죽는다.

백발에 백중으로 죽을 것이다.

슥.

스윽.

장무개가 무린의 앞을 막았다.

그리고 기세를 있는 데로 피워 올려 무린을 보호했다.

무린이 강호에서는 절정, 그 끝에 있는 무인이라 하지만 지금 이 자리서는 최약자일 뿐이었다.

이런 상황에 무린의 이가 저절로 다물렸다.

동시에 검란과 지금까지 사태를 관망하던 젊은 사내가 소향의 앞을 막았다. 그리고 그 둘도 기세를 피워올렸다.

도도한 화산의 정기를 내포한 검란의 자하기공. 그리고 이름 모를, 사문 또한 모를 사내의 자애롭고, 따뜻하지만 중후한 기파가 칠흑 같은 기운을 밀어낸다. 이제야… 마녀 같은 여인의 기세에 대항하기 시작했다.

후웅.

우웅.

금발여인이 내뿜는 기세.

그리고 장무개, 검란, 이름 모를 사내가 내뿜는 기세가 부딪치며 공명음을 만들고, 객잔을 뒤흔들었다.

"흐으, 으으……."

단문영은 여전히 신음을 흘렸다.

허리춤을 잡은 손에서 힘이 점점 빠져나가는 걸 무린은 느꼈다.

너무 많은 것을 본 죄. 느껴서는 안 될 것을 느낀 죄. 그건 이렇게 무거웠다.

"후후. 후후후."

여인은 웃었다.

참혹한, 보는 것만으로도 심장이 덜컥 주저앉을 미소를 지은 채 스윽, 자신에게 대항하는 인물들을 돌아봤다.

그 행동에는 여유까지 있었다.

장무개, 검란과 이름 모를 사내의 얼굴은 잔뜩 찌푸려졌는데도 여인은 너무나 여유가 있었다.

셋의 기파를 오히려 압도하고 있음에도, 그럼에도 여유가 있었다.

'괴물······.'

구파 중 개방과 화산의 무인이 있고, 사내는 그런 둘에 비견해 조금도 떨어지지 않는 강자임에도··· 여인은 셋을 압도하고 있었다.

아니, 압도하다 못해 아예 위에서 아래로 찍어 누르고 있었다.

가능한가, 이게?

가능했다.

눈앞에서 지금 실제로 벌어지고 있었으니까.

믿지 못하겠어도 강제로 믿게 만들고 있었다.

"협약을······."

소향이 힘겹게 입을 열었다.

그러나 끝까지 내뱉지 못했다.

여인의 시선이 획 돌아가며, 소향에 꽂히자 소향이 입을 다문 것이다. 소향의 입을 멈춘 여인이 반대로 입을 열었다.

"자꾸 협약 얘기를 하지 마라. 나는 잘 지키고 있었고, 어긴 건 너희들이다."

칼같은 그 말에, 소향은 입술을 깨물었다.

무린의 눈에는 그게 반박할 여지가 없어 보이는 행동처럼 보였다. 장무개가 앞을 막아줘서인지, 다시금 냉정한 상황판단이 가능했다.

아…….

보호받는다.

그걸 느꼈을 때, 갑자기 기세가 팍! 하고 사라졌다. 마치 칠흑의 밤이 가고, 환한 아침이 온 기분이었다.

횃불도 없이 동굴을 걷다가, 출구를 통해 밖으로 나와 따스한 해와 신선한 공기를 마시는 기분.

즉, 숨통이 풀렸다는 소리다.

"후우, 후우……."

이 모든 걸 감내해야 했던, 장무개, 검란, 그리고 젊은 사내와 무린은 숨을 몰아쉬었다.

탁한 기운이 빠져나가고 폐부 가득 신선한 공기를 채우면서 겨우 숨을 돌렸을 때였다.

"돌아가라. 앞으로 오 년. 내 눈앞에 띌 시 반드시 죽이겠다."

휙.

여인이 등을 돌렸다.

그리고 객잔을 나갔다. 그리고 그런 여인의 뒤로 거구의 호위무사도 같이 따라 나갔다.

적이 셋이나 있는데도 태연이 등을 돌렸다는 건 그만큼 여유가 있다는 것.

무린은 순간 깨달았다.

좀 전의 기세싸움.

저 거구의 기사는 합세도 안 했다는 것.

만약 했다면?

찍어 누르는 게 아니라 아예 무참히 짓밟아 버렸을 것이란 생각이 들었다.

도대체 뭔가.

저 인간들은?

'아니, 그 이전에 인간이 맞는 건가?'

너무나 상상, 그 이상을 보여줘서 명확히 단정조차 짓지 못할 정도였다.

털썩.

단문영이 쓰러졌다.

여인이 나가고 생긴 침묵은 이때 깨졌다.

第八十五章

비사(祕史)

귀환병사

　단문영은 단순한 탈진이었다.

　심력을 모조리 소진했기에, 체력이 받쳐주지 못하고 기절한 것이다. 그런 단문영을 이층 객실에 눕히고, 김연호와 연경에게 간호를 부탁한 후 무린은 다시 일층으로 돌아갔다.

　풍비박산.

　처참하게 부서지고 깨진 객잔의 일층 내부가 눈에 들어왔다.

　탁자마다 있던 그릇과 찻잔 등은 좀 전 기세싸움의 여파에 휘말려 모조리 깨져 나갔다. 나무탁자 또한 쪼개진 게 전부였다.

저 멀리 구석에 있던 의자 몇 개만 멀쩡했고, 장무개를 비롯한 소향, 검란과 젊은 사내가 앉아 있었다.

의자를 찾던 무린은 제대로 된 게 없자, 그냥 근처에 가서 털썩 주저앉았다. 사실 솔직히 말하자면 서 있을 힘도 없는 무린이었다.

그 금발여인은, 존재 자체로 무린의 체력, 심력을 바닥까지 소진시켜 버렸다.

무린이 앉자 소향이 무린에게 웃음을 지으며 말했다. 소향도 힘들었는지, 얼굴 낯빛이 하얗게 질려 있었다.

"오래만이에요."

"그래, 오랜만이다. 후우······."

"이런 상황에서 만나길 바라지 않았는데······."

"아니다. 참, 저번에 흑산에서 나를 구해줬다 들었다. 정말 그 은혜, 어떻게 갚아야 할지 감이 잡히지 않는구나."

"아니에요."

"아니기는, 구명의 은이다."

"······."

무린의 단호한 말에, 소향은 그저 웃었다. 무린의 시선이 검란에게 향했다.

"오랜만에 뵙습니다."

"예, 오랜만입니다."

무린은 검란에게 존대를 했다.

소향 덕분에 친분을 가졌지만, 당시 그녀의 무력은 물론 존재 자체가 너무나 특별했기에 언제나 존대를 했었다.

그리고 지금도 마찬가지.

"소향이 저를 구했던 날, 같이 계셨습니까?"

"네, 같이 있었어요."

"……."

무린은 다른 말 대신, 즉시 자리에서 일어나서 예를 취했다.

"감사합니다."

"그러지 않으셔도 돼요. 그리고 옆에 계신 이분, 한비담 소협이 영약을 선뜻 내놓았기 때문에 당신을 구할 수 있었습니다. 그러니 감사인사는 이분께 하세요."

"……."

검란의 말에 무린은 조용히 웃고 있는 젊은 사내를 바라봤다.

긴 머리를 말총으로 질끈 묶고 있는 사내. 앞머리도 길어 눈동자를 살짝 가리고 있지만 그 안으로 보이는 별처럼 빛나는 눈동자가 굉장히 인상적이었다.

선한 미소 또한 마찬가지.

"감사합니다. 구명의 은, 잊지 않겠습니다."

"……."

그러자 사내가 고개를 도리도리 젓더니, 마주 인사를 했다.

무린은 왜 말을 하지 않나. 잠시 의문이 생겼지만 그냥 넘어가기로 했다.

묻는 것 자체가 어쩌면 결례라는 예감이 들었기 때문이다.

그렇게 흑산에서의 일에 대한 인사를 한 후, 무린은 다시 앉았다.

"묻고 싶은 게 많다."

"하세요."

싱긋.

무린의 말에 소향은 기분 좋은 미소를 짓고는 대답했다.

"내 궁금증, 전부 물어도 되겠나? 혹 곤란해서 말 못할 것이라면, 지금 말해라."

"아니에요. 다 대답해 드릴 테니 하세요."

"후우, 좋다."

무린은 잠시 심호흡을 하고, 생각을 정리했다.

이 시점에, 사실 무린은 궁금한 점이 한두 개가 아니었다. 특히나… 마녀라고 불렀던 금발여인.

가장 궁금했다.

"좀 전 그 여인은… 누구냐."

"이 모든 일의 원흉이자 주동자."

"이 모든 일이라면… 정마전쟁 말이냐?"

"네. 그리고 그걸 넘어… 강호. 거기에 더해 중원 천지에 대한 전쟁."

"중원 천지? 강호?"

무린은 반문했다.

정마대전은 이해가 간다.

그러나 강호, 중원 천지에 대한 전쟁?

그건 이해가 가지 않았다.

"강호의 말살."

"……."

"거기에 더해… 황실의 몰락."

"……."

소향의 짧은 말에, 무린은 어떤 대답도 할 수 없었다. 도무지 이해가 안 가는 말이었기 때문이다.

후우, 한숨을 내쉰 소향이 다시 말을 이었다.

"저 여인, 사실 이름도 몰라요. 다만 저 무지막지하고, 그 심성 때문에 저희는 단지 마녀라고 부르지요. 사막을 건너면 나오는 색목인들의 나라에서는 불길하고 사악한 여인을 마녀라고 부른데요. 거기서 따온 별호에요."

"……."

무린은 재촉하지 않았다.

가만있어도 소향이 알아서 다 말해줄 것이기 때문이다.

"언제 등장했는지도 몰라요. 다만 제가 알기로는… 제 스승님의 대에도 저 마녀는 이 땅에 있었다고 했어요."

"전대에도?"

"네, 그러니 마녀죠. 나이도 먹지 않는…….."

그 얼굴에…….

전대에도 활동을 했다니.

"가끔 내공으로 노화를 막는 무인도 있다고 했다. 아니면 특별한 주안술을 익혔거나. 하지만 그것도 옛 시대에서나 가능했을 일이다. 적어도 지금은 주안술이나 내공으로 저런 젊음을 유지하는 방법은 없다."

장무개의 답변에 검란도, 한비담이라는 사내도, 소향까지 고개를 끄덕였다.

"즉, 아예 나이를 먹지 않았다?"

"그건 아닐 거예요. 사람인 이상 세월이라는 시간을 거스를 수는 없으니까요. 다만… 정말 옛 시대에 가능했던 것처럼 무지막지한 내공을 보유했거나, 아니면 정말 특별한 기공을 익혔거나. 둘 중 하나라고 생각돼요."

"하지만 그것도 확실치는 않겠군."

"물론이에요."

마녀.

불길하고 요사한 여인을 가리켜 부르는 말.

"좋아. 나이는 넘어가고."

"그래요. 그게 중요한 게 아니니까요. 어쨌든 스승님 때부터 저 마녀는 무림에 있었고, 무림을 말살할 생각을 했어요. 어마어마… 한 본신의 무력과, 그 무력으로 장악한 마도육가 중 삼가, 힘으로 정복한 혈사대, 군벌, 원총. 그리고 하오문으로요."

"음……."

"그건 잘못 알고 있는 것이다. 한명운의 제자야."

장무개가 말을 끊었다.

그러자 소향이 고개를 장무개에게 휙 돌렸다.

"제가 잘못 알고 있다고요?"

"그래. 애초에… 그 삼가의 시작이 마녀로부터 시작됐다."

"뭐라… 고요?"

"문성, 그 친구가 말해주지 않았나보군."

"아……."

소향도 놀라는 눈치다.

무린은 물론 검란, 한비담이라는 사내까지 놀랐다.

대체 무슨 소린가.

혈사대, 비인과 군벌. 그리고 원총이 마녀로부터 시작되었다니……. 분명 이 삼가의 시작은 이백 년 안팎이다.

다른 나머지 삼가보다는 늦다.

그런데 어떻게…….

"구파가 왜 산문을 걸어 잠그고, 일방이 왜 숨을 죽였는지 아느냐? 배화교가 왜 천만대산에 틀어 박혔는지 아느냐?"

"……"

설마, 설마…….

머리가 다들 나쁘지 않으니, 전부 깨달았다.

구파가 구름위로 흘러간 건, 저잣거리에 거지가 보이지 않는 이유가, 배화교가 십만 대산에서 나오지 않는, 아니 못하는 이유가 설마…….

"맞다. 마녀 때문이다. 구파와, 일방. 그리고 배화교는… 마교의 난을 대비해 힘을 키우기로 합의했다. 그래서 모든 활동을 중지했지."

"……"

"……"

비사다.

너무나 엄청난… 비사다.

그 비사의 무게 때문에 모조리 숨을 죽였다. 입도 뻥긋하지 못했다. 장무개의 말이 계속됐다.

"언젠가… 마녀가 발호를 하면, 우리 구파일방과 배화교는 모든 전력을 다해야 할 것이라 장문인들과 방주, 그리고 배화교주가 직접 만나 합의를 봤다. 그리고 전대에 그게 터질 뻔했지."

"그걸 스승님이……."

"그래, 한명운의 목숨과 맞바꿔 좀 더 한시적인 평화를 얻었다. 그는 알고 있던 게야. 마녀의 힘을… 아직도 우리가 감당할 수 없음이라고. 그래서 자신의 목숨을 내놓고, 좀 더 시간을 번 게지. 너는 그의 제자이지만, 모든 걸 받을 시간이 없었다. 당시의 너는 너무 어렸으니 말이다."

"네……."

"그래서 이 같은 사실을 몰랐을 게다."

"……."

시기상으로 보면, 지금 소향의 나이로는 겨우 몇 년을 전대의 문성과 함께 했을 것이다.

그가 타계한지는 벌써 이십 년이 넘는다.

그렇다면 당시 소향의 나이 겨우 열 살 안팎.

뛰어나고도 뛰어났기에 진전을 빠르게 이었지만, 그 전부를 흡수하지는 못했다. 또한 소향이 너무 어렸기에 한명운은 책임을 물려주고도, 전부를 말해줄 수 없었다.

왜?

책임을 물렸으면서 전부 말해주지 않았을까?

인격적으로 너무 어렸기 때문이다.

주저했을 것이고, 결국 결정을 내리기도 전에 마녀와 담판이 벌어졌다.

"네가 더 크면 말해줄 생각이었지. 하지만 그전에 마녀가 한명운을 찾아왔다. 협약은 맺어졌고, 주어진 시간은 일각 남짓. 그 안에 너는 전부 듣지 못했다. 마녀는 결코 약속을 어기지 않았기 때문이지."

"……."

"너는 어려 몰랐겠지만, 그날 구파에서 많은 고수들이 당시 한명운의 집으로 찾아 왔었다. 마녀의 움직임이 한명운의 거처라는 것을 알고 은밀히 파견된 것이다. 한명운. 그 친구가 협약 후, 네게 책임을 물려줄 때 그 당시 나도 있었다. 그리고 그의 목이 떨어질 때도… 있었다."

"제 앞이었어요."

"그래, 그랬지."

소향의 눈에 불길이 치솟았다.

스승이, 눈앞에서 목이 떨어졌다.

마녀의 손에.

"어쨌든, 그렇게 오랜 세월을 마녀는 이 땅에 있었다."

"후우……."

소향은 깊은 한숨을 내쉬었다.

무린은 대화를 따라가긴 했다. 하지만, 도저히 현실감이 없었다. 믿을 만해야 믿지. 도무지 상상 밖의 얘기뿐이다.

그리고 드는 의문.

"마녀와… 겨룬 무인은 있소? 그 경지가 어느 정도기에 구파일방. 그리고 배화교가 스스로 봉문을 하게 했소?"

"있다."

"……"

무린의 질문에 소향이 날카롭게 대답했다.

"당대 불성이셨던 현암(賢庵)스님과, 마찬가지로 당대 배화 교주께서 마녀와 결전을 치렀지."

"……"

장무개는 결과를 말하지 않았다.

하지만 벌써 결과를 말한 것과 같았다.

마녀는 살아 있고, 구파일방과 배화교는 봉문했다.

즉, 마녀가 이겼다는 소리다.

장무개가 덧붙였다.

"겨우 일백 초 만이었다네."

"……"

백 초.

겨우 백 초 만에 마녀는 그 당시 가장 강했던 무인이라 칭송받았다던 불성과 배화 교주를 꺾었다.

"그 후… 점창의 장문인이 스스로 목숨을 끊었지."

"예?"

"마녀는 수공을 썼다. 하지만 그 수공은… 점창비전 중 하나인 관일창이었어."

관일창.

해를 관통한다.

점창의 수없이 많은 비전 중에서도 수위를 차지한다는 무공이다.

점창의 사일, 분광, 대력검과 더불어 가장 유명한 무공이다.

"책임이었지. 누구도 원치 않았지만, 당시 점창 장문인은 문의 비전이 마녀에게 전수되었다는 사실을 스스로 참을 수 없었다."

몇 백 년 전 비사들이다.

무린은 고개를 저었다.

그리고 말했다.

"중요한 것만 듣겠습니다."

"그래, 그러지. 후우, 말이 많았구만."

이런 걸 들어봐야, 현실감도 없어 가슴에 와 닿지 않았다.

무린의 말에 소향이 말했다.

"어쨌든, 이제 얼마 남지 않았어요. 겨우 오 년……. 스승님이 벌어놓은 시간은 오 년이 끝이에요."

"오 년이나 남았는데 왜 지금 정마대전이 벌어졌지?"

"이건 마녀의 짓이 아니니까요."

"뭐?"

"말 그대로에요. 마녀는 삼가를 조종하지 않았어요. 이건 마도육가. 그들이 자의적으로 벌인 짓이에요."

"그걸 어떻게 믿지? 현실적으로 생각한다면 그 마녀가 조작했다고 보는 게 맞는 말일 텐데?"

"아니요. 확실해요."

"그러니까 그걸 어떻게 확담하느냐 이 말이다."

무린의 말에 소향이 잠시 숨을 참더니, 단호한 목소리로 대답했다.

"마녀는… 반드시 자기 말을 지키거든요. 저는, 그렇게 믿고 싶어요."

"……."

무린은 그 말에 침묵하고, 인상을 찌푸렸다. 결국은 이 또한 확신할 수 없다는 이야기가 아닌가.

"이 아이의 말이 맞다. 마녀는 반드시 자기의 말은 지킨다."

"후우……."

장무개의 첨언에 무린은 한숨을 쉬었다.

머릿속이… 복잡하다.

소향과 장무개의 지금 이 말은, 무린의 기준으로는 전혀 이해가 가지 않는다. 현실적으로 그런 걸 믿는 게 웃긴 일이다.

'약속을 확실하게 지킨다. 그래, 그럴 수 있다. 신위를 지키는 자는 대게가 그렇지. 하지만 마녀. 그 여인은……'

중원전복과 강호의 말살을 노리는 여인이다.

'아니, 잠깐. 그럼 왜?'

의문이 또다시 들었다.

"왜 마녀가 강호와 황실을 뒤집어 놓으려 하지? 이유가 있을 텐데?"

"그게……."

"그게?"

하아, 소향이 한숨을 깊게 내쉬며 대답했다.

"모르겠어요. 그저 그걸 원한다는 것밖에는."

"……."

무린은 침묵했다.

모른다니.

어이가 없다 못해, 짜증이 순간 확 일어났다.

*   *   *

모든 것에는 이유가 있게 마련이다.

돈을 버는 것도, 밥을 먹는 것도, 심지어 산다는 것조차 전부 이유가 있다. 그냥 아무 생각 없이 산다는 건 솔직히 말도 안 된다.

못 죽으니 산다?

그렇다면 못 죽는 게 사는 이유다.

그럼으로 모든 것엔 이유가 존재한다.

힘이 있다.

절대적인 힘이.

그 힘으로 강호는 물론 황실까지 모조리 말살시키려 한다. 그렇다면 그 이유가 분명히 존재해야 한다.

오랫동안 살았다고 들었다.

삶이 지루해서?

'그렇다면 그 지루하다는 것도 이유가 될 텐데……'

재미를 찾기 위해서라는 이유가 있어야 했다.

아니면 자신처럼 가족을 위해서?

그도 아니라면 사랑하는 여인을 위해서?

모든 게 이유가 있는 법이다.

무린의 입에서 날카로운 말이 나갔다.

"농담인가?"

"아니요, 정말이에요. 아무리 조사를 하고 짐작을 해봐도

답이 나오지 않아요. 마녀는 등장부터 강호를 말살시키려고
했어요. 저도 당연히 그 이유가 있을 것이라 생각해요. 그러
나 그 이유를 아직까지 파악 못하고 있어요.”

　“본인에게 물어는 봤나?”

　“스승님이 남기신 서적을 보니 물어보셨다고는 했어요. 하
지만 답을 못 들었다고 적어놨고요. 마녀는 단 한 번도 말하
지 않았고, 저 또한 이번이 두 번째 만난 것뿐. 처음에는 제가
너무 어렸고, 지금은 도저히 그걸 물어볼 상황이 아니었지요.
그리고 조사… 사실 조사도 불가능해요. 마녀는 개방의 정보
망에도 걸리지 않으니까요.”

　“…무슨 전설 이야기를 듣는 기분이군.”

　“호호호. 이해해요. 강호의 대부분이 모르는 이야기니까
요. 심지어 오대세가의 가주들 빼고는 이 이야기는 비밀이에
요. 지금까지 철저히 지켜지고 있지요.”

　“후우…….”

　막막한 이야기다.

　한숨을 쉰 무린은 잠시 뜸을 들였다가, 두 번째 의문을 물
었다.

　“그 여자가 그러더군. 나는 키우는 자라고.”

　“아아…….”

　소향은 한숨을 쉬었다.

인상을 쓰더니, 이내 천천히 입을 열었다.

"솔직히 말하자면… 맞아요. 무린 오라버니는 제가 항상 지켜보고 있었어요."

"……"

무린은 가만히 있었다.

짧은 대답 안에는 무린이 원하는 대답이 들어 있지 않았기에 기다리면 나올 거라 생각했기 때문이다.

역시 소향이 다시 입을 열었다.

"스승님의 유언이 적힌 서신에 적혀 있었어요. 반드시 찾아서 내편으로 만들어야 할 사람들. 그중 한 명이 오라버니세요."

"유언? 잠깐만……."

시기가 맞지 않는다.

이십 년 전이면 무린이 겨우 열다섯 정도?

즉, 북방으로 끌려가기 전이나, 끌려가고 나서다.

그때의 무린을 알았다?

"내가 소향, 너의 스승님을 본적이 있었던가? 나는 기억이 나질 않는데……. 설마하니 천기를 짚었다는 것 같은 건 아닐 테고."

"있으세요. 정확히는 오라버니가 아닌 오라버니의 어머니를 만나러 갔다가 오라버니를 뵌 거지요."

"단지 본 것으로… 찍었다는 건가. 그럼?"

"스승님이시니까요. 절대, 범인과는 다른 분이세요. 스승님이 북방에 계신 시절, 현재 길림으로 향하고 있는 북원의 장군. 천리안 바타르조차 스승님 앞에서는 무기력했어요. 그 당시도 천리안의 재능은 하늘을 꿰뚫고 있었는데 말이에요."

"음……."

범인이 아니다.

하긴, 그럴 만하다.

현 시대, 모든 문사들과 강호 무인들에게 문야라 존경받는 문인조차 처절한 패배감에 빠지게 만들었던 분이라 들었으니까.

문성 한명운.

솔직히 천기를 짚는다고 해도 이상할 게 없었다.

그리고 천기.

하늘의 기운을 짚는다는 이 단어도 예전 같았으면 믿지 않았겠지만, 지금은 도저히 안 믿을 수가 없었다.

세월을 거스르는 마녀를 보았다.

더불어 자신의 마음을 읽어내는 단문영까지 있다.

현재 무린 본인의 무력으로는 전혀 감당할 수 없는 검란 소저와, 그 옆에 한비담이라는 사내까지 있다.

완전히 다른 세상.

"다른 한 사람은 누구지?"

"오라버니도 아시는 분이에요."

"내가 안다고?"

"네, 그분은 광검이란 별호를 써요. 저번 전투에서 너무 다쳐 지금은 모처에서 요양 중이에요."

"아, 광검……."

광검, 위석호.

흑산에 가기 전에 만나 한 번 무력을 겨뤘던 사내.

그랬나.

그도 문성 한명운이 점찍었던 자였던가.

이해가 간다.

"그럼 마지막 질문이다. 나는 앞으로 너를 도와야 하나? 그 말도 안 되는 여자와 싸워야 하나?"

무린의 물음에 소향이 바로 자리에서 일어났다.

그리고 무린에게 깊게 고개를 숙였다.

"도와주세요."

"……."

무린은 대답을 못했다.

자신은 해야 할 일이 있기 때문이다.

"나는… 해야 할 일이 있다. 소향, 너는 알 텐데."

"오 년, 오 년 뒤에요. 그 안이면 오라버니의 일이 마무리

될 거라 생각해요. 어떤 방향으로든. 그리고 저희도 도울게
요."

"……."

소향이 돕는다.

좋다.

소향의 머리라면… 정말 어마어마한 도움이 될 것이다. 하
지만, 그 이전에 커다란 문제가 있었다.

"나는 그 마녀의 상대가 못된다. 하다못해 여기 검란 소저
나 한비담이라는 분과 겨뤄도 상대가 안 될 것 같다. 이런 내
가 무슨 도움이 된다고 도움을 부탁하지?"

"삼륜공."

"삼륜?"

"네, 오라버니의 삼륜공을 무시하지 마세요. 아직… 경지
가 낮아서일 뿐, 오 년 후면 오라버니의 삼륜은 엄청난 성장
을 할 거예요."

"하지만 그건 장담할 수 없는 문제다."

"또 있어요."

"또?"

"네, 비천대."

"음……."

비천대.

옛날 전장에서 무린이 도움을 준 전우들이 이제는 반대로 어려움에 처한 무린을 도와주기 위해 모인 무력단.

현재는 길림성에서 패잔병이 되어 떠돌고 있는… 비천대.

"비천대는 많은 힘이 될 거예요. 오라버니와 비천대의 도움이 있다면… 정말 큰 힘이 될 거예요."

"……."

무린은 대답하지 못했다.

비천대가 모인 건 자신을 돕기 위해서지, 지금 이 현실성 없는 일을 돕기 위해서가 아니었다. 즉, 각자 개인의 의사가 중요하다는 소리였다.

그래서 대답을 하지 못하는 것이다.

얼굴을 굳힌 무린에게 소향이 다시 말했다.

"알고 있어요. 비천대가 어떻게 모였는지, 왜 모였는지. 그리고 비천대를 오라버니가 어떻게 생각하시는지. 하지만… 지금까지 들은 말은 현실이에요. 전설이 아니에요. 오 년 후면… 마녀가 일어나요. 전 중원에… 그 끔찍한 광기를 선사할 거예요. 어둠이 찾아올 것이고, 수없이 많은 피가 흐를 거예요. 오라버니라고 그 피해를 피해갈 수 없을 거예요. 더불어 비천대도 마찬가지고요."

"……."

"장담할게요. 마녀는 단 하나의 무인도 남겨두지 않을 생각이에요."

"……."

완전한 무림 말살.

도대체 말이나 될 법한 소리여야 하는데.

"심지어… 무관조차 쓸어버릴 거예요."

"……."

이어진 소향의 말은 더더욱 현실이 없었다.

무관은 문파가 아니다.

문파가 무인을 양성한다면, 무관은 사실 관군 쪽에 관계가 많다. 아, 관 쪽에 연관이 있으니 그 또한 화를 피해갈 수 없는 이유다.

'돌겠군.'

뭐, 어느 하나 와 닿지가 않았고, 그리고 대답도 할 수가 없었다. 이건 자신 혼자 결정할 일이 아니기 때문이다.

"지금 대답해달라고 하지 않을게요. 하지만 남은 시간은 오 년. 그러니 준비를 하기 위해서라도 일이 년 안에는 꼭 답을 주세요."

"후우, 나야 너에게 구명의 은을 입었으니 돕겠다. 믿지 못하겠지만 그거야 어차피 오 년 후면 알 수 있는 일이니 상관없다. 하지만."

"하지만?"

"비천대에게 종용하지는 마라. 나는 그들 모두의 개인 의사를 철저히 따를 생각이다. 이 전쟁이 끝난 후 가족의 곁으로 돌아가고 싶다면 보내줄 것이고, 오 년 후의 전쟁에 참여한다고 하면 받아들일 것이다."

"알겠어요."

무린의 대답에 소향은 고개를 흔쾌히 끄덕였다.

"아, 마지막으로 하나만 묻지. 그들의 세력이 어느 정도인지는 짐작이 가나?"

"대충은요."

"대충?"

"네."

"어느 정도지?"

"마도육가 정도는 가볍게 쓸어버릴 수 있을 거예요. 아주, 아주 가볍게."

확언이다.

하지만 소향은 말은 아직 끝나지 않았다.

"그리고 정도오가도 합쳐서요."

"오대세가. 그리고 마도육가 전체와 붙어도 한 번에 쓸어버릴 수 있다?"

"네, 그것도 아주… 낙엽 쓸 듯이요."

"구파와 일방, 그리고 배화교가 합세해도?"

"구파와 일방. 그리고 배화교까지 합세한다면 아마 비등하긴 하겠네요. 하지만, 수뇌부의 무력에서 절대적인 차이가 나요. 그 차이는 엄청나요."

"……"

예측하기로 전력은 비슷하다.

정도, 마도. 거기에 구파와 일방. 마지막으로 배화교까지 합쳐야 마녀의 세력과 비슷하단다.

하지만 수뇌부에서 무력이 차이가 난다.

세가 비슷해도, 대장의 무력이 차이가 나면 그건 결코 비슷한 게 아니다.

하나의 절대적인 존재가 전장에서 어떤 힘을 발휘하는지는 무린도 정말 잘 알고 있었다.

생각해 보라.

일만 대 일만의 병사가 있다.

그런데 이쪽의 대장은 그저 그런 장군이고, 저쪽의 대장은 천리안 바타르 같은 자라고 생각하자.

그럼 누구 우세할까?

볼 것도 없다.

천리안 정도의 대장이 지휘하는 세가 압도적으로 유리하다.

그런 이치다.

그러다 보니 또 의문이 생겼다.

"도대체 그런 세력이 어디에 숨어 있는 거지? 이 중원 천지에 그만한 단체가 숨어 있을 곳이 있나?"

"중원 천지에 전부 나눠서 있으니까요. 이곳 심양에만 하더라도 마녀가 직접 키운 무인들이 수백은 있을 거예요. 전쟁이 일어나기도 전부터요."

"그 정도로 은밀하다니……. 믿어지지가 않는군. 알고 있다면 먼저 선제공격을… 못하겠군. 괜히 심기를 건드리게 될 테니."

"맞아요. 저희는 지금 무조건 힘을 키워야 해요. 그런데 이런 시기에 이런 전쟁이 벌어지다니……."

"그래서 빨리 끝내려고 직접 온 건가?"

"네. 하지만 저도 마음대로 움직일 수 입장이 아니에요. 제가 움직인다는 건 협약을 깨는 게 되요. 직접적으로 간섭하는 순간 마녀가 광기를 풀겠지요."

하아.

이놈의 한숨.

무린은 오늘 정말 한숨을 참 많이 쉰다고 생각했다. 모든 게 소향의 말과, 도저히 믿기지 않는 존재인 마녀를 보고 나서부터였다.

"보고도, 듣고도 믿지 못할 일이군."

"네, 절대. 절대 믿지 못할 소리지요. 하지만 믿으셔야 돼요. 이건 한 치의 거짓도 없는 진실이에요."

"후우……."

또다시 한숨이 나왔다.

할 수 있는 것이라고는 이 답답한 속을 조금이라도 풀어줄 한숨밖에 없는 무린이었다.

"나는 무엇을 하면 되지?"

"아무것도요. 그저 하고 싶은 데로 하시면 되요. 아, 다만 무공의 성장과, 일신의 안위는 반드시 챙겨주세요. 저번처럼 저희가 구해줄 수 있다는 보장이 없거든요. 사실 저번에도 오라버니는 거의 반, 아니 숨이 끊어져야 정상이었어요. 한소협이 내준 소환단이 아니었으면 분명히 죽었을 거예요."

"……."

대답 대신, 무린은 한비담을 바라봤다.

그러나 그 사내는 무린의 시선을 그저 씨익, 웃는 걸로 받아 넘겼다. 별 거 아니니, 대수롭게 생각하지 말라는 뜻이었다.

그에 무린은 다시 고개만 살짝 숙여 인사를 했다.

어쨌든 저 사내 덕분에 살아난 것이다.

그리고 무린은 여기서 느꼈다.

'원하는 게 있어 나를 살렸지만, 나 또한 반드시 해야 할 일이 있는 입장. 나쁘게 생각할 게 아니야. 그리고 구명의 은은 그 무엇보다 무겁고, 크다. 오 년 안에 어머니를 다시 모신 다면… 그 뒤에는 소향을 돕는 게 옳다. 스승님께 여쭤 봐도 분명 그리 답하실 거야.'

구명의 의도는 잊기로 했다.

어쨌든 무린은 소향 덕분에 다시 삶을 사는 것과 마찬가지니 말이다. 그리고 소향의 의도가 불순한 의도도 아니었다.

후에, 그저 자신을 위해 창을 들어달라는 것.

그것 하나 때문이었다.

거기다가 창을 들어달라는 이유도 나쁜 게 아니었다.

강호라는 또 다른 세상을 살리려고.

그 이유 때문이었다.

이걸 나쁘게 볼 수는 없었다.

무린은 확실하게 결정을 내렸다.

'돕는다. 그 안에 모든 일을 끝내고.'

솔직히 말해, 그 마녀를 본 뒤라 그 칠흑 같은 어둠에 대항할 의지는 그렇게 생겨나지 않았다.

아예 사는 세상이 다르다는 것을 느껴, 지독한 무력함을 느낄 뿐이었다. 하지만 그럼에도 자신이 도움이 된다면.

돕는 게 옳은 도리다.

이미 소향에게는 북방에서도 많은 도움을 받았다.

전역하고 나서도 호왕의 난을 통해 도움을 또 받았다.

흑산에서 도움 받고, 이번에 일촉즉발의 상황에서조차 도움을 받았다.

"예정대로 길림성으로 가세요. 아, 비천대는 지금쯤 장백산 쪽으로 이동 중이에요. 아마 아예 세외로 빠질 생각인 것 같으니 그쪽으로 진로를 잡으세요."

"알겠다. 후우, 너와 연락할 방법은?"

"북방 상단주를 통해 보낼게요. 비천대와 합류하고 나서는 오라버니가 독자적으로 움직여주세요. 조만간 대대적인 반격이 있을 거예요. 강신단주가 현재 산해관에 와 있거든요. 이번에는 전쟁놀음 같은 것 없이… 북원을 아예 밀어버릴 생각이에요. 선덕제 폐하의 생각도 그렇고요. 그러니 오라버니는 돌아가는 상황을 봐서 행동해 주세요. 오라버니라면 알아서 잘 하실 수 있을 거예요."

"알겠다."

무린은 순순히 고개를 끄덕이고, 자리에서 일어났다. 무린이 일어나자 앉아 있던 전부가 일어났다.

느낀 것이다.

이제는… 다시 제 길을 가야 할 시간이란 것을.

"그럼… 다시 볼 때도 건강하셨으면 해요."

"마치 악담 같구나."

"호호, 설마요. 나가는 길은 여기 장무개 장로님이 안내해 줄 거예요. 그럼 가요, 언니."

소향의 말이 끝나자 검란이 소향을 옆으로 살짝 안았다. 그후 휘잉. 매서운 돌풍이 다시 생기더니 어느새 흐릿해지고, 사라져 버린 검란과 소향이었다.

물론, 한비담이라는 사내도 사라졌다.

"……."

그 모습을 무린은 담담한 눈빛으로 바라봤다.

눈앞에서 사라지는 기행.

믿지 못할 모습이었다.

그러나 오늘은 무엇을 봐도 이해할 것 같았다.

엄청난 음모론과, 세월을 거스르는 말도 안 되는 마녀를 보았다.

더 이상 믿지 못할 게 무엇이 있겠는가.

"놀라운가?"

"네. 사실 지금도 와 닿지 않습니다."

"허허, 그럴게다. 나 또한 이 이야기를 처음에 들었을 때는 너 같았으니 말이다. 하지만… 생각해 보면 알 것이다. 굳이 내가 여기까지 와서 너를 만난 이유를 보면 말이다. 마녀의 영역이라는 걸 알고도 저 아이의 부탁을 받고 왔다. 사실 황상의 얘기는 거짓말이었지. 아직 네가 저 아이를 만나지 않아 사실을 알릴 수가 없었다. 아무튼 소향 저 아이가 조금이라도 늦었다면 아마 나는 물론 너도 죽었겠지. 이런 것을 보면, 결국은 믿을 수밖에 없을 것이다."

"그렇긴 합니다만……."

"믿어라. 그게 속이 편할 게다. 그냥 믿고, 나중에 저 아이가 원할 때 도와주거라."

"……."

무린은 대답하지 않았다.

마음을 정했지만, 그래도 아직 머릿속에 너무 많은 생각이 떠돌았다.

생각을 정리할 시간이 무린은 지금 절실히 필요했다.

하지만 쉴 때가 아니다.

"이제 움직이자. 미안하지만 위에 잠든 소저도 그대로 데리고 가야 할 것이다."

"알겠습니다."

무린은 이층으로 올라갔다.

이층으로 올라가 객방으로 가니, 침대에 누워있는 단문영과 바닥에 쓰러진 김연호와 연경이 보였다.

"……."

잠시 놀라 멈칫한 무린이 급히 세 사람의 맥을 짚었다.

다행히 맥은 그대로 뛰고 있었다.

'뭐지. 무슨 일이지?'

놀라 돌아보니 창문이 열려 있었고, 탁자위에 서신이 하나 있었다.

서신을 펼쳐본 무린의 얼굴은 순식간에 굳어 버렸다.

나와 대적하자면 각오해야 할 것이다.

이 오만한 문장과 글씨체.

무린은 흉수가 누구인지 깨달았다.

볼 것도 없이 당연히… 그 금발의 마녀다.

'분명히 떠나는 걸 보았는데…….'

언제, 대체 언제 손을 쓴 것일까.

불가사의다.

도무지 파악이 안 됐다.

분명… 무린이 소향과 대화할 그때일 것이다. 근데 무린이나 소향은 물론 장무개, 검란 소저와 한비담이라는 사내까지.

그 누구도 눈치채지 못했다.

그 정도의 경지에 든 무인조차 감지하지 못했다는 건… 만약 잘 때 조용히 다가오면 정말 꼼짝없이 목을 내주어야 한다는 뜻.

'아니, 마녀가 직접 했을 리가 없다. 그렇다면 수하라는 소

린데…….'

그 수하조차, 일층에 있던 전원의 이목을 속였다.

무린은 소향이 했던 말을 떠올렸다.

'수뇌부에서 너무 큰 차이가 난다더니…….'

그건 한 치의 거짓도 아니었다.

이런 잠행의 능력을 가진 무인이 수하라면… 웬만한 무인들은 잠드는 순간 목을 내주어야 할 것이다.

무섭다.

'이건 정말…….'

무린조차 두려울 정도다.

팔뚝에 소름이 오돌토돌 돋았다.

이런 자들과 대적을 해야 한다는 사실이 무겁게 가슴을 짓누르고, 격렬하게 비틀고 있었다.

꾸욱.

입술을 깨무니 팍, 하고 갈라졌다.

긴장해서 잔뜩 마른 입술이 터진 것이다.

"안 내려오고 뭐… 으음."

무린이 내려오지 않자 재촉하러 올라온 장무개가 객방을 보고 침음을 흘렸다. 보고 나서 즉시 상황을 파악한 것이다.

"……."

"……."

침묵이 돌고, 무린은 입술을 깨문 채 장무개에서 시선을 떼고, 김연호와 연경을 뺨을 때리기 시작했다.

짝, 짝!

두어 번 맞고 나서야 으음… 하고 신음을 흘리면서 정신을 차리는 김연호와 연경.

"정녕… 정녕 두렵구나……."

"……."

무린은 그 말에 대답하지 않았다.

왜?

무린 자신의 심정이고, 지금 하고 싶은 말이었기 때문이다.

이런 자들과 싸워야 한다? 솔직한 심정으로 말하자면…….

자신 없었다.

第八十六章 천명(天命)

귀환병사

과연 개방.

장무개는 심양성을 아주 간단한 방법으로 나왔다. 흔히 말하는 땅 구멍이 있던 것이다. 성벽 근처의 민가에서 시작된 땅굴은 길었다.

약 반 시진 정도를 어둠 속을 걸었고, 밖으로 나오니 저 멀리 심양성이 보였다. 입구는 거대한 돌이 막고 있었지만… 장무개 정도의 무인에게 바위는 손쉽게 들 수도, 밀수도 있는 물건에 지나지 않았다.

"물론, 이곳은 언제든 써도 좋다. 다만 걸리지 않게 주의했으면 좋겠군."

"알겠습니다."

장무개의 말에 무린은 흔쾌히 고개를 끄덕였다.

"그럼 나는 이만 갈 테니. 다음에 연이 닿으면 또 보자."

"살펴 가십시오."

"⋯⋯."

무린의 대답과 동시에, 이번에도 장무개의 시선이 횅하니 사라졌다. 개방의 비전신법이 펼쳐진 것이다.

연기처럼 흩어지는, 지금 무린의 경지로는 감히 상상도 못할 신위였다.

그가 사라지고 무린은 자신의 가슴팍을 힐끔 봤다.

동굴을 걸을 때 장무개가 은밀히 전해준 서책이 있었다. 아직 확인하지 않았지만 도움이 되리란 기대감이 들었다.

가슴에서 시선을 떼고 일행들을 봤다.

"⋯⋯."

"⋯⋯."

김연호와 연경은 놀라서 입이 쩍 벌어져 있었다.

둘에게 이런 광경은 처음 접해보는 광경이니 이해가 갈 만했다. 무린은 전 같았으면 피식 웃고 말았겠지만, 지금은 당연히 웃지 못했다.

다른 세상.

이제 남 일이 아니게 되었으니 말이다.

"입 닫아라. 파리 들어가겠다."

둘을 보면서 툭하고 내뱉는 무린의 말에 조금의 신경질이 담긴 것도 아마 그런 이유에서였을 것이다.

"아, 예……."

"……."

김연호는 허둥지둥했고, 연경은 곧바로 싹 닫고 얼굴을 슬쩍 붉혔다. 추한 몰골을 보였다 생각한 것 같았다.

"김연호, 연경."

"네. 대주"

"네."

둘을 직시하며 무린이 물었다.

"앞으로 우리의 싸움에 저런 자들이 득실거린다고 하면 어떡할 테냐."

툭하니 물었다.

이해했는지, 둘의 낯빛이 순식간에 죽었다.

눈앞에서 사라지는 경지, 그런 자들이 적이 된다는 것이 뜻하는 걸 어리지만 명석한 이 둘이 모를 리가 없었다.

"……."

"……."

무린은 고개를 저었다.

"농이다. 신경 쓰지 마라."

무린은 등을 돌렸다.

일단 근처에 들러야 할 곳이 있었다.

하룻밤에 안 지났으니 어쩌면 아직 전마와 갑주, 무구가 있을 터. 심양으로 들어온 게 아직 이틀이 채 지나지 않았으니 충분히 남아 있을 수 있었다.

말없이 뛰는 무린의 뒤를 김연호, 연경, 그리고 단문영이 달라붙었다. 이 각 정도를 뛰자 저 멀리 작은 야산이 보였다.

거침없이 야산으로 올라간 무린은 무구와 전마를 묶어 놓은 곳으로 향했다. 다행이었다.

전마들은 한가로이 쉬고 있거나 풀을 뜯어 먹고 있었다.

김연호와 연경이 재빠르게 땅을 파 무구들을 꺼냈다.

무린은 말없이 무구를 받아 착용하고 바로 전마에게 가서 묶어 놓은 줄을 확인했다. 그리고 갈기를 부드럽게 쓰다듬자 기분이 좋은지 고개를 푸히힝 울며 몸을 털었다.

전마인만큼 달리는 걸 좋아할 것이다.

그렇게 자랐고, 교육받아 컸으니까 말이다. 그런데 한동안 달리지 못했으니 좀이 상당히 쑤실 것이다.

무린은 그런 전마의 마음을 이해하는지, 부드러운 목소리로 말했다.

"오늘만 참아라. 내일은 지칠 때까지 달리게 해줄 테니."

무린은 오늘 이곳에서 야숙을 결정했다.

이미 서산에 해가 걸린 상태.

숲도 상당히 어두워지고 있었다.

"김연호, 연경. 야숙 준비를 해라."

무린처럼 자신들의 전마를 확인하던 둘은 무린의 말에 즉각 반응했다.

"네, 대주."

"네, 알겠습니다."

서로 뭔 얘기를 주고받더니, 각각 좌와 우로 흩어져서 달려 사라졌다. 아마 할 일을 각기 정한 것 같았다.

무린은 둘이 사라지자 주변을 둘러봤다.

나무 둥치가 나란히 있는 곳을 찾은 무린은 그곳으로 가 주변을 정리하기 시작했다.

야숙이라고 흙바닥에 그냥 자는 게 아니다.

그랬다간 다음 날 아침에 일어났을 때 돌아간 자신의 입을 발견하게 될 것이다. 이미 절정의 경지에 든 무린도 마찬가지다.

흔히 말하는 한서불침.

그건 아마… 장무개 정도는 되어야 가능할 것이다.

이미 든 한기를 몰아낼 수는 있지만, 아예 피부로 한기가 닿지 못하게 하는 경지에는 아직 들지 못한 무린이었다.

주변을 정리한 무린은 바로 넓은 잎이 달린 가지들을 툭툭 분질러 바닥에 깔았다.

겹치고 겹쳐서 네 개의 자리를 만든 무린.

다 하고 허리를 펴니 단문영이 마른가지를 한곳에 모으고 있는 게 보였다.

처음에는 그냥 서 있었지만, 나중에는 적당히 눈치를 보고 자신이 할 수 있는 일들을 찾아 하기 시작했다.

적이지만 무린은 그게 좀 기꺼웠다.

"그 정도면 됐어."

"그래요?"

"그래, 비켜봐."

단문영을 옆으로 비키게 한 후 무린은 능숙한 솜씨로 불을 지폈다.

잔 나뭇가지가 타닥타닥 소리를 내면서 타올랐다.

작은 불길은 순식간에 크게 치솟았다. 그러자 무린은 큰 나무토막을 몇 개 던져 놓고, 모닥불 주변을 정리했다.

그렇게 야영준비가 끝나자 김연호가 먼저 돌아왔다.

손에는 토끼 세 마리가 들려 있었다.

빨리도 잡았는지 이미 털을 벗기고 속까지 싹 정리를 해서 돌아왔다.

김연호도 능숙하게 나뭇가지에 토끼를 꿰어 비스듬히 모

닥불에 꽂았다. 그 후 연경이 버섯을 한아름 따서 돌아왔다.

물기가 축축한 걸 보니 씻어 온 것 같았다.

독버섯인가 염려할 필요는 없었다.

수많은 경험이 있는 연경이 독버섯과 식용버섯을 분간하지 못할 가능성은 영 할에 가까웠으니까.

버섯도 마찬가지로 꼬치로 꿰어 불가에 좀 멀리 꽂아 놓고, 넷은 모닥불을 중심으로 모여 앉았다.

"……."

"……."

전부가 모닥불만을 쳐다본다.

아마, 머릿속이 전부 심란할 것이다.

단문영이야 마녀를 직접 보고, 정신이 일순간 붕괴까지 되었으니 말할 것도 없고, 김연호나 연경도 자신들이 기절했었다는 걸 이미 깨닫고 있을 것이다.

둘도 누가, 언제라는 의문에 빠져 있을 것이다. 또한 기절하기까지 아무것도 느끼지 못했으니 심한 무력함을 느끼고 있을 것이다.

무린은?

당연히, 거의 심마에 가까운 머릿속이다.

단문영이 혼심을 조작하지 않으니 평정이 가능하다. 만약 단문영과 이렇게 동행을 하지 않고 마녀를 만났다면? 소향에게 얘기를 들었다면?

어쩌면 또다시 혼심에 잡아먹혔을 것이다.

'그렇게 본다면 단문영과 동행이 이번에는 복이 됐군.'

무린은 인정할 건 인정했다.

단문영에게 듣기로는 혼심의 숙주는 무린이다. 주종 관계 중 주(主)에 해당하는 영혼고는 단문영 본인이 직접 소유하고 있는 상태이고, 그렇기 때문에 조작이 가능하다고 했다.

무린의 마음을 읽으면서 그때그때 말이다.

그렇기 때문에 무린의 마음이 흔들릴 때면 그렇게 혼심이 발작을 한 것이다. 그러나 단문영이 무린에게 모습을 드러냈고, 같이 동행을 했기에 그렇게 무린의 마음이 흔들렸는데도 혼심의 발작은 없었다.

'후우······.'

무린은 고개를 저었다.

지금 당장은 혼심이 문제가 아니다.

만독문의 불가해는··· 그야말로 저주에 가깝다.

그저 그런 민속신앙 속 저주가 아니라··· 진심으로 저주에 가까웠다.

저주의 대상을 파멸로 인도하는 진짜 저주.

이걸 푸는 방법은 시전자, 시술자 둘 중 하나가 죽는 것뿐. 일반적으로 풀 수 있는 방법은 없었다.

다만, 무린은 한 가닥 희망은 있었는데, 그게 바로 이류공이었다.

그러나 지금은 이런 혼심보다, 소향이 했던 말이 더욱 무겁게 가슴을 짓눌렀다. 도대체가 믿을 수 있는 일이어야 하는데, 이해의 영역을 뛰어 넘는 이야기를 들으니 가슴이 진정되질 않았다.

무린은 사실 아직도 반은 의심 상태였다.

소향에게 얘기를 전해 듣고 지금까지 생각에 생각을 거듭해도, 현실성이 아예 없었기 때문이다.

그렇다면 믿지 않으면 되는데… 안타깝게도 그것조차 불가능했다.

마녀.

칠흑의 무저갱을 마주치는 순간 떠올리게 만들었던 금발의 마녀를 보고 말았기 때문이다. 존재를 보아버려, 부정조차 어려워졌다.

숙부가 되는 남궁무원보다도 강해보이는 장무개가 개방의 존재라고 설명한 것도 사실 어떤 증거도 없기 때문에 믿을 수가 없다.

'하나, 소향과 같이 있던 검란 소저는 분명 화산의 인물. 그런 그들이 인정한다는 것 자체가 증거지.'

그래서 장무개가 개방의 인물이라 믿었다.

갑자기 튀어나온 구파와 일방.

그리고 마교.

'잠깐, 혹시 백면도……?'

백면은 배화교의 인물이다.

그도 마녀와 연관이 있는 문파의 인물이다.

그러니 어쩌면 이러한 일을 알고 있을 지도 모르겠단 생각
이 들었다.

그리고 무린은 스승인 문인도 마찬가지로 알고 있었을 것
이라 생각했다. 전대 문성인 한명운 선생의 뒤를 이은 문인이
다.

'스승님도 알고 계셨을 거야. 아니, 분명히 알고 계셔. 천
하에 가장 존경받는 문사인 스승님이 모를 리가 없다. 다만
내가 이 일에 연루가 되길 원치 않으시니 말해주지 않으셨겠
지.'

무린은 문인을 볼 때마다 느낀다.

문인이 정말 진심으로 자신을 아낀다는 것을.

그러니 그 운명이 지금 현제도 너무 가혹한 무린인데, 더
이상 부담 같은걸 주기 싫었을 것이다.

'분명 알고 계셨어. 그리고 끝끝내 어쩌면 얘기해주지 않
으셨겠지. 하지만… 이런 게 운명이지. 후후, 이제 놀랍지도
않군.'

어머니의 일부터 시작해 무린은 참으로 기가 막힌 일만 당했다.

난데없는 정마대전이 벌어져 연루가 되질 않나, 혼심독이란 불가해의 저주에 걸리질 않나 말이다. 그런데 이제는 강호멸망, 아니 중원천지의 궤멸에 대한 얘기를 들어버렸다.

그리고 그걸 막고자 하는 사람의 대표 중 하나가 소향이고, 그런 소향에게 도와달라는 소리를 들었다.

'그놈의 운명……'

큭.

비웃음이 순간적으로 무린의 입에서 튀어나왔다. 통제가 가능한 무린인데, 그걸 막을 생각조차 못하고 나온 비웃음이다.

그건 무린이 지금 얼마나 황당하고, 불쾌하고, 짜증나는지를 제대로 보여주는 비웃음이었다.

"마녀……."

단문영의 입에서 마녀라는 말이 흘러나왔다.

침울한 단문영.

무린은 그녀에게 물었다.

"무엇을 보았지?"

"……."

단문영은 침묵했다.

도대체 무엇을 보았기에, 그렇게 정신의 붕괴를 맞이한 걸까? 단문영은 알다시피 상단전을 극으로 연 여인이다.

무인이라고 보기에는 애매하지만… 그래도 정신력. 이것 하나만큼은 어쩌면 무린을 넘어설 수도 있었다.

"무저갱… 아무것도 없는 칠흑의 어둠을 보았어요……."

"……."

비슷했다.

아니, 똑같았다.

무린도 금발의 마녀를 보는 그 순간, 그 즉시 그걸 느꼈다.

도무지 끝이 보이지 않는 어둠. 횃불을 들고 들어가도 어둠이 횃불을 잡아먹을 그런 어둠.

그 무엇으로도, 밝힐 수 없는 어둠.

다만, 무린은 그걸 보았다.

보았기 때문에 보는 것으로 끝났다.

"그곳은… 으으."

"……."

단문영은 그곳에 빠졌다.

그래서 단문영은 보는 것에 끝나지 않고, 그 어둠을 직접 체험해야 했었다.

보는 즉시, 강제적으로 말이다.

'나도 상단을 더 연마했다면…….'

그렇게 됐겠지.

다행이라고 해야 하나?

안도감을 느껴야 하나?

꾸욱.

무린은 입술을 깨물었다.

갈라져 터진 입술에서 쓰라림이 느껴졌다.

다시 깨물었기 때문에 아물어가는 상처가 재차 터졌다.

비릿한 피 맛이 혀끝으로 타고 느껴져 불쾌감을 뇌리로 전달했지만, 무린은 그마저도 느끼지 못했다.

깊은 생각, 상념에 빠진 상태였다.

"대주……."

"음?"

"저희는 왜 기절을 했었습니까? 혹시 기습을……."

"모르겠다. 너희들이 어떻게 당했는지, 누구에게 당했는지… 밑에 있던 나도 느끼지 못했다. 심지어 너희들이 놀란 그 장무개조차 느끼지 못했지."

"……"

"……"

무린의 대답에 김연호와 연경이 입을 다물었다. 장무개의 신법에 둘은 놀랐다. 놀라도 크게 놀랐다.

인간을 벗어난, 구름 속의 구파 일방이 어떤 문파인지 보여

준 기예다.

그런데 그런 장무개조차 느끼지 못했다고 한다.

둘이 침묵은 당연한 것이었다.

"고기 탄다."

"아, 예……."

김연호가 얼른 꼬치를 반대로 뒤집었다. 그러나 사실, 무린은 물론 모닥불 주의로 둘러앉은 전원이 저 익어가는 토끼꼬치에는 아무런 관심도 없었다.

그저 자신들이 겪은 일에 대한 생각에 잠겨 있을 뿐이었다.

"김연호, 연경."

"네, 대주."

"네."

상념에 빠져 있었어도 무린의 부름에는 즉각 반응을 했다. 그런 둘에게 무린은 착 가라앉은 목소리로 물었다.

"만약 너희들을 기절시킨 자와 싸워야 한다면… 그보다 더한 자들과 싸워야 한다면, 너희들은 어쩔 거지?"

질문이다.

의사를 묻고 있었다.

비천대와 만나 이 이야기를 하기 전에, 아직은 어린 둘에게 물어보고 싶었다. 역시, 대답이 금방 나오질 않았다.

"음……."

"……."

김연호는 낮은 침음을 흘렸고, 연경은 대답 대신 침묵해 버렸다.

얼굴은 물론 심각하게 굳은 채였다.

"후우… 가정을 해보자. 적이 있다. 이 적은 이유를 불문하고 강호의 궤멸, 완벽한 말살이 목표다. 문파, 무관은 물론 황실까지 갈아버릴 생각이다. 어이없지만… 그럴 만한 힘도 있다. 이들이 일어난다면……."

"……."

"……."

"……."

무린의 말에 단문영은 물론 김연호 연경까지 놀라 무린을 바라봤다. 무린이 가정이라고 했지만 그게 가정이 아니라는 것을 눈치챈 것이다.

그런 셋과 눈을 마주치고… 무린이 뒷말을 이었다.

"너희들은 검을 들 것인가?"

"……."

"……."

"……."

나직해서, 무린의 말이 너무 나직해서 그 무게감이 엄청나게 늘어났다. 마치 천근바위로 찍어 누르는 중압감이 느꺼졌다.

헛말을 하는 무린이 아니라는 것을 김연호나 연경은 안다.
단문영도 그간 무린을 '읽어' 왔기에 무린이 이런 얘기를 농
으로 할 사람이 아니라는 것을 안다.

결국은 무린의 지금 이 말은 언젠가 벌어질 일이라는 것.

"얼마나… 남았습니까?"

연경이 무린에게 물었다.

무린은 즉답했다.

"앞으로 오 년."

"많이 남았군요."

"금방이기도 하지."

후후.

연경이 입가에 미소를 짓고 웃었다.

"그 시간이면 이 전쟁을 끝내고, 강해지지 않겠습니까?"

"그렇기야 하겠지만……."

무린은 고개를 저었다.

젊음의 치기? 패기?

이건 그런 걸로 결정할 일이 아니다. 아니, 그 이전에 아직
이들은 잘 모른다. 마녀나… 그 뒤에 있던 거구의 호위무사.

무린 따위는… 단 일수.

한 방이면 죽여 버릴 수 있는 실력자들이 있다는 것을. 또

한 무시무시한 무력을 갖춘⋯ 무인들이 이 중원 천지에 널리고 널렸다는 사실을.

그 수가⋯ 어느 정도인지, 감조차 잡히지 않았다.

'시전에 있던 채소장사꾼이 나 정도는 일수에 죽일 무인이었을 수도 있지. 후후, 소향의 말이 사실이라면 결코 허황된 얘기가 아니야.'

나무나 패던 나무꾼이 그 호위무사 정도의 무인일 수도 있다는 소리다.

"대주는⋯ 그 전쟁이 벌어지면 참여하십니까?"

김연호가 물었다.

무린은 상념을 접고 그 생각에 답했다.

"나는⋯ 참여하기로 했다. 가정이라고 했지만 너희들이 느끼다시피 오 년 후에 진짜 벌어질 일이다. 소향에게 들었으니⋯ 확실하겠지. 그리고 너희도 알다시피 나는 소향에게 구명의 은을 입었다. 죽었어야 했던 목숨이, 그녀 때문에 다시 살아났으니 내 할 일을 다 끝내고 나서 돕는 게 도리겠지."

"참여한다는 소리군요."

"그래, 나는 참여한다."

무린은 고개를 끄덕이며 확실하게 답했다. 원은 원으로, 은은 은으로. 그게 강호의 율법 아니던가?

무린도 무인, 강호의 일인.

정도의 스승과 형님, 가문을 둔 강호인이다.

비록 마음속은 정사 중간이지만, 강호의 율법은 확실히 지킬 줄 아는 사내였다.

단문영이 물었다.

"상관없는… 그러니까 오 년 뒤 전쟁이 벌어지고, 거기에 참여하지 않은 사람들에게도 그들은 검을 휘두른다는 소린가요?"

"그래, 단문영. 당신이 보았던 마녀의 목표는… 완전한 강호의 궤멸. 씨 하나 남기지 않고 모조리 죽이는 것이라 하더군. 물론, 무관이나 황궁도 마찬가지다."

"…저희끼리 지금 이렇게 싸울 때가 아니었군요."

"후후, 그렇지. 하지만 이건 마녀가 조작한 게 아니라더군. 마도육가. 그들이 직접 생각하고, 결정내린 것이라 하더군."

"멍청한… 짓이군요."

"동감한다. 혹여 마녀가 관여했다고 해도… 무지는 죄가 아니라지만, 이건 그렇게밖에 안 느껴지는군."

"후우……."

단문영이 답답한 한숨을 내쉬었다.

멍청하고, 또 멍청한 자신의 가족들을 생각하고 있는 것이다.

남조국의 부활? 단문영은 여인이고, 아직 서른도 되지 않은 젊은 나이지만 그게 얼마나 어리석은 일인지 잘 알고 있었다.

남조국의 부활은 단순하게 생각하면 안 된다.

운남을 기초로 남조국의 기치를 내건다면?

그 즉각 주변성에서 십만 대군이 출병해 운남을 통째로 찢어발길 것이다. 대명의 현 황제. 선덕제가 그걸 용납할 리가 없었다.

즉, 강호의 일로만 남조국을 부활시킨다는 건 결단코 미친 짓이란 소리다.

그런데… 도대체 무슨 소리를 들었는지, 혈사대와 비인, 군벌, 그리고 구양가와 만난 자신의 아버지… 가 정마대전을 일으키는데 찬성한 것이다.

그리고 진짜로 일으켰다.

호왕의 난을 시작으로…….

미친 짓이었다.

결국 호왕의 난 때… 사랑하는 오라비를 잃었다. 바로 눈앞의… 무린에게.

그래서 그 슬픔에, 그 분노에 여태껏 숨기고 있던 혼심…으로 무린을 중독시켰다.

그런데 지금 보니… 그래서는 안 될 일이었다.

단문영은 느꼈다.

"당신의 천명은… 이 중원 천지를 위해 존재하는가 봐요."

불쑥 꺼낸 단문영의 말에, 무린은 순간 눈살을 거칠게 찌푸렸다. 그리고 마음에 안 든다는 그 얼굴로, 그 마음으로 입을 열려다가 다시 멈췄다.

천명.

하늘(天)이 자신에게 준 명(命).

중원 천지를 위해 내가 존재한다?

무린은 잠시 생각했다.

중원.

천지.

그리고… 전쟁.

떠오르는 게 있었다.

"전쟁은… 모든 것을 파괴한다."

과연, 오년 후 진짜 소향이 말한 것처럼 전쟁이 벌어지면 강호만, 황실만 노려질까? 무린은 자신이 겪은 전쟁을 생각해 봤다.

불타 사라진 마을.

참혹한 시체.

노예로 끌려가는 백성들.

순식간에 수없이 많은 기억 속 장면이 떠올랐다. 심지어 얼마 전 금주까지 떠올랐다. 전쟁은 그렇게 깨끗하게 흘러가지 않는다.

'아니야. 결코……'

그럴 일은 없다.

결단코.

절대로.

혹은 반드시…….

민간에게도, 아무런 힘도 없고, 죄는 더더욱 없는 백성들에게도 전쟁의 여파는 반드시 흘러간다.

"그걸 지키는 게… 당신의 천명."

큭.

단문영의 지금 이 말을 들으니, 소향이 했던 말이 떠올랐다. 이미 어머니를 만나러 왔던 한명운 선생이 자신을 점찍어 놓았다고 했다.

하지만, 정말 어머니를 만나러 오신 걸까?

'어머니는 도망 중이셨지. 심지어 남궁세가의 추격대조차 쉽사리 찾지 못했어. 그런 어머니를 어떻게 찾았지?'

말도 안 된다.

한명운.

그는 뭔가 느꼈다.

'이제는 상식이란 것 자체가 사라졌다. 넓게 생각해 보면… 그는 천기를 짚었어. 그렇게 봐야 얘기가 진행돼. 소향은 몰랐던 걸까? 아니야……. 다만 서신에 적혀준 대로만 얘기한 거야. 소향의 머리로 못 느꼈을 리가 없어.'

그리고 한명운은… 자신 말고 한 사람을 더 찍었다.

무린도 본 적이 있는 무인.

무력까지 겨뤄본 사내.

광검, 위석호.

그 흉성의 사내도 한명운이 찍어놨다고 소향이 말했었다.

분명하다. 한명운은 자신을 만나러 온 것이다.

그리고 거기에 있던 어머니를 알아봤고, 어머니와 얘기를 나누셨겠지.

'아… 어머니가 나를 강하게 키우려고 했다고 형님이 얘기하셨지. 그건 귀띔을 해줬다는 건가?'

전장에 끌려간 무린.

방치한 어머니.

심지어 무린은 당시 무공조차 익히지 않았다.

그런데 그 어린 나이에, 혈혈단신으로 북방으로 끌려갔다.

하지만 어머니는 그런 무린을 구하려 하지 않았다.

단 한 번도.

이건 사실 무린이 전역했을 당시, 어머니의 서신을 보고 난 직후 느꼈던 의문이다. 남궁세가의 직계인 어머니.

강제적으로 남궁세가로 모셔지고 나서도 무린을 찾지 않

왔다.

왜? 서운한도 깃든 의문을 무린은 분명히 느꼈었다.

"너를 찾지 않은 것이 섭섭했던 것이냐? 그건 아니다. 고모님은 너의 생사를 언제나 확인하고 있었다. 하지만 그러면서도 편지를 보내지 않은 것은… 내가 흔들릴 것을 우려해서였다. 고모님의 성품을 모르느냐? 그분은 그러고도 남을 분이다."

중천은 이런 말을 했고, 무린은 그래도 의문을 느꼈다.
서운해 하던 무린을 보고 중천은 또다시 이런 말을 했다.

"운명이라 하셨다. 당신이 큰 아버지를 만난 것도, 무린이 네가 북방으로 팔려갔던 것도, 전부 운명이라 하셨다. 또한 고모님께서는 믿고 계셨다. 너는 반드시 돌아올 것이라고. 또한 이런 말씀도 하셨다. 네 녀석은 큰 대기(大器)라고. 그 정도도 이겨내지 못하면 닥쳐올 운명에 맞서 싸울 수 없을 것이라고."

생생하게 그 말투, 토씨 하나 틀리지 않고 기억이 났다.
"아……."
기억이 나자마 탄식이 흘렀다.
큰 대기(大器).

대기만성(大器晚成)을 뜻한다.

그리고 닥쳐올 운명.

머리가 순간적으로 맑아짐을 느끼는 무린이었다.

확실해졌다.

어머니는, 알고 있다.

한명운 선생.

그분에게 들어서.

그래서 무린을 이토록 방관하면서, 지독히도 강하게 키운 것이다.

그러다 보니 다른 생각도 떠올랐다.

'어쩌면… 세가에도 스스로 돌아간 것을 수도 있어. 그래야 내가… 무력을 갖출 테니까. 나를 잘 아시는 분이니, 내가 강해지도록 스스로 돌아가신 게 아닐까?'

십 몇 년을 넘도록 잘 도망 다니셨던 분이다. 그런 분이… 잡힐 것 같지 않다. 하지만 이건 단순 가정이다.

무린을 강하게 단련시키려고 한 것도 가정이지만 그건 사실상 확실하다 느낀 무린이다.

'어차피 신경 쓸 일이 아니다. 지금, 지금에 집중하자. 어머니는 어차피 반드시 되모실 것이니……'

무린이 생각은 여기서 멈췄다.

"정리됐나요?"

"얼추."

"잘 됐네요."

단문영은 또다시 묘한 웃음을 지었다. 마녀에게 당한 정신적 붕괴의 여파가 남아 수척함도 가득했지만, 그 묘한 특성은 역시나 여전했다.

무린은 그런 단문영에게 물었다.

"당신은?"

"저요?"

"아직도 따라올 생각인가? 내 상황이 어떤지 알았을 텐데?"

"예. 물론이에요."

"어째서? 나는 이제부터 더욱 피비린내 나는 전장으로 들어간다. 너를 지켜줄 여유 따위는 결코 없다."

"후후."

잠시 웃더니, 다시 입을 여는 단문영.

"당신을 만나자, 따라나선지 얼마 되지도 않아 그 여자를 만났어요. 나와 당신이 같이. 저는 제 운명이 여기에 있다고 봐요. 그래서… 더 당신 곁에서 당신을 지켜볼 생각이에요."

"……."

자신의 운명 또한, 무린의 옆에 있다.

단문영은 무린이 생각하는 동안 그렇게 느낀 것 같았다.

아니, 그렇게 생각을 정리한 것 같았다.

단문영의 대답에, 김연호가 불쑥 입을 열어 말했다.

"좋은 대답입니다. 운명이라… 저 또한 대주의 곁에 있는
게 운명이라 생각하겠습니다."

"……."

김연호의 말에 무린의 얼굴이 좀 군자, 거기에 연경이 치명
타를 날렸다.

"설령 죽는다 해도… 뭐, 그게 운명이라면 받아들일 만하
겠습니다."

"너희들……."

죽음을 아무렇지 않게 거론한다.

그걸 운명이라는 것에 맡기고 속편하게.

피식.

굳었던 무린의 얼굴이 실없는 웃음과 함께 풀렸다. 하지만
다른 비천대도 김연호나 연경처럼 생각할까?

모를 일이다.

'하지만 녀석들이라면…….'

이 이야기를 꺼내는 즉시 하하하! 웃고는 앞으로도 잘 부탁
한다고 말할 것 같았다.

비천대는 그런 존재들이다.

전장, 솔직히 그곳을 그리워하는.

하지만 그전에.

'합류하는 게 먼저다.'

장백산이라고 했지?

무린이 북동쪽의 하늘을 올려다봤다.

'아… 이거 다 타서 못 먹겠습니다' 하는 연경의 말에도 무
린의 시선은 하늘에서 떨어질 줄을 몰랐다.

저 멀리, 성산 장백의 하늘을 보려 하는 무린이었다.

第八十七章 전쟁통(戰爭痛)

귀환병사

　무린이 생각했던 것처럼, 전쟁은 과연 관련되어 있는 자들에게만 화가 닥치는 건 아니었다.

　전마의 기력을 하루하루 끝까지 끌어 쓰며 무린은 달렸다.

　요녕에서 남쪽에 위치한 본계를 거쳐 환인까지 일행은 진짜 미친 듯이 달렸다.

　거기서 경계선을 넘어 통화로 들어서기 전, 무린과 일행은 이제야 진짜 전쟁의 모습을 보았다.

　"……."

　"……."

언덕 위에서 일행은 숨을 죽이고, 저 멀리 거센 화마에 휩싸여 타오르고 있는 통화를 보고 있었다.

말하지 않아도, 두 눈으로 확인하지 않아도 지금 통화에서 어떤 일이 벌어지고 있는지 무린은 알고 있었다.

물론, 김연호나 연경도 알고 있었다. 전쟁을 겪어보지 않은 단문영조차 통화에서 어떤 일이 벌어지고 있는지 알고 있으리라.

"북원의 짓일까요?"

"아마도."

통화를 저렇게 짓밟고 있는 건 당연히 북원의 잔당일 것이다. 이나, 이제는 잔당이라고 하기도 그렇다.

아예 사활을 걸고 군세를 일으켰으니 잔당이란 말은 어울리지 않았다.

"그냥… 지나칠 건가요?"

"단 우리 넷으로, 대체 무엇을 할 수 있다는 거지?"

무린은 냉정하게 얘기했다.

통화는 마을이 아니다.

결코 작지 않아 현이라 불린다.

그런 곳을 불태우고 있다.

수비 병력이 없던 것도 아닐 것이다. 그런데도 저렇게 짓밟는다는 건 통화현의 자체병력을 완전히 쓸어버렸다는 이야기

일 것이다.

"하지만……."

"현실을 냉정히 봐라. 저 정도 마을을 쑥대밭으로 만들려면 적어도 몇 백 단위의 병력이 투입됐을 것이다."

"……."

무린의 말에 단문영은 입술을 깨물었다. 그러나 그건 무린도 마찬가지였다. 무린이라고 솔직히 저걸 보고, 아무렇지 않은 것은 아니었다.

심장이 두근거리고, 혈관 속으로 도는 피가 갑자기 급정거를 하더니 거꾸로 역류하는 기분이었다.

핏줄은 절로 일어섰다. 두 눈이 새빨갛게 충혈됐다.

"정말 방법이……."

"그만, 그만해."

무린은 단문영의 말을 잘랐다.

아무리 생각해 봐도 저 참상에 관여하는 건 미친 짓이었다. 무린은 상황을 냉정하게 파악할 줄 아는 사람이다.

그런 무린이 봤을 땐, 통화는 지나치는 게 답이었다.

"돌아간다."

"네, 대주."

"네."

김연호와 연경은 짧은 대답과 함께 무린의 뒤를 따랐다.

그러나 단문영은 아직도 화마에 휩싸인 통화를 지켜보고
있었다.

어쩌자는 건지, 도대체가 답이 없었다.

'그렇게 감상적인 여자였나?'

무린이 아는 단문영은 결코 그런 여자가 아니었다.

하지만 오늘은 이상하게도 감상적인 모습을 보이고 있었
다.

"저길 봐요."

단문영이 고개를 돌리지도 않고, 손가락으로 어느 지점을
찍었다. 무린은 그 행동에 인상을 찌푸렸지만 잠시 단문영에
게 다가가 손가락으로 향한 곳을 봤다.

"음……."

반전의 상황이 마련되는가?

낮은 신음을 발하는 무린.

일반인에게는 잘 보이지 않았지만 절정에 이른 무린의 눈
에 희미하게 보였다. 통화의 옆, 동쪽의 끝에서 희미하게 일
어나고 있는 먼지구름.

"기병이군."

"명의 군대일까요?"

옆에 다가온 김연호가 무린의 대답에 되물어봤다.

"글쎄, 확실치 않다."

육안으로 기병이 통화로 달려들고 있다는 건 확인이 되지만 그렇다고 그들이 명군의 기병이라는 보장이 없었다.

"어떻게… 하시겠습니까?"

연경이 물었다.

목소리에 깃든 홍분이 무린에게도 충분히 전달되었다.

돌아보니 눈빛이 무시무시하게 빛나고 있었다.

왜 이런 눈을 하는지 충분히 이해가 가는 무린이었다.

솔직히 지금, 무린조차 다시금 심장이 쿵쿵 뛰고 있었다.

반전의 상황이 마련되었다.

그래도 무시할까?

아니, 무린은 그러지 않기로 했다.

"접근한다."

"네, 대주."

무린의 말에 김연호와 연경은 한 목소리로 대답을 하고는 밑으로 달려갔다. 아래쪽에 묶어 둔 전마를 끌고 오기 위함이었다.

"만족하나?"

"……"

둘이 내려가고 무린이 바라보며 묻자 대답은 하지 않았지만 다시 오묘한 미소와 함께 웃고 있는 단문영.

가만히 자신의 눈을 직시하는 단문영에게서 무린은 느낄

수 있었다.

'진심으로 좋아하는군.'

무린의 개입확언을 단문영은 정말 좋아하고 있었다. 마도
육가라고 모두가 악하지 않은 것 같았다.

'아니, 혈사룡도 그랬지. 그는 순수한 의지가 있는 무인이
었어.'

즉, 혈사룡에게도 자신만의 대의명분이 있었다는 소리다.
그는 무린이 봤을 땐 어쩌면 순수한 무인에 가까웠다.

물론 그렇게 생각하는 이유는 마녀를 만나봤다는 게 컸다.

그 거대한 어둠은 너무나 압도적이어서 혈사룡 정도의 인
물은 아주 순수하게 느끼게 될 정도였다.

단문영도 마찬가지였다.

이해할 수 없는 여인인 건 아직도 여전했다. 그렇지만 마녀
에 비하면… 이 여인도 순수하고 맑을 뿐이었다.

마녀.

'대단하군. 누가 봐도 이해 못하고, 악하다 할 만한 사람들
을 순식간에 깨끗하고 맑은 사람으로 만들어 버리다니.'

피식.

그 정도로 압도적인 존재감이라는 소리다. 그녀의 등장은
무린의 사고에서 선, 악을 완전히 비틀어 버렸다.

'후우……'

무린은 마녀에 대한 생각을 한숨과 함께 정리했다.

이제 곧 전투다.

전투에 대한 생각을 채워 넣어야 할 때였다.

김연호와 연경이 전마를 끌고 올라왔다.

둘에게 무린은 말했다.

"명군이 아니었을 시, 즉각 동쪽으로 내달린다. 전마가 지쳐 쓰러질 때까지 쉬지 말고 달려라."

"네, 대주."

명군이 아니라면 북원의 군세밖에 없다.

조금만 달려도 확인이 가능할 테니 만약 명군이 아니라면 무린은 곧바로 동쪽으로 진로를 바꿔 달릴 작정이었다.

그럼 명군이라면?

"명군이면 분명 전투가 벌어질 것이다. 그럼 그 혼란을 틈타… 우린 수뇌부를 짓이겨 버린다."

"네……."

전투에서 수뇌부의 중요성은 이루 말할 수도 없었다. 모든 병사들의 통제, 명령, 심지어 생사여탈권을 쥐고 있는 게 바로 수뇌부, 그 끝의 지휘관이다.

지휘관이 잡힌다는 건 전투의 끝을 고하는 함성과도 같다.

괜히 적장의 목을 베고 높게 집어 올려 적장을 잡았다! 하고 외치는 게 아니었다.

지휘관의 전사는 그 지휘관이 이끌던 군의 사기를 완벽하게 죽여 버린다.

그래서 무린이 노리는 건 바로 그 지휘관이었다.

어느새 전마에 오른 무린이 단문영에게 물었다.

"따라올 건가?"

"……"

단문영은 역시 대답을 안했다.

그러나 곧바로 몸을 사뿐 띄워, 마찬가지로 전마에 올라탔다. 그걸로 답은 충분히 들은 무린은 한숨을 내쉬었다.

단문영이 겉으로 티는 안 나지만 그래도 만독문의 여인이다.

그것도 혼심독주, 상단을 극으로 연성한 무인인 것이다.

그래도 무린은 안심이 되질 않았다.

이 여자가 죽으면 자신도 죽는다는 압박감이 느껴졌기 때문이다.

이유는 더도 말고 덜도 말고 딱 그뿐이었다.

"남지."

"따라가겠어요."

단문영이 무린의 말에 고개를 흔들더니 곧바로 대답했다. 그러자 무린의 얼굴은 당연히 찌푸려졌다.

"험한 곳이다. 아니, 험하다는 말로는 결코 저곳을 표현할 수 없을 것이다. 그러니 잔말 말고 동쪽으로 가서 기다려라. 명군이 아니라면 바로 합류하는 걸로 하고."

"……."

이마를 찌푸리더니 무린을 쏘아본다.

그런 단문영의 눈초리를 무린은 가볍게 넘기고, 김연호와 연경에게 시선을 돌렸다.

획.

턱짓으로 가자고 신호를 보내니 김연호와 연경이 같이 고개를 끄덕이더니 고삐를 사납게 잡아챘다.

"이랴!"

김연호와 연경을 태운 전마가 쏜살같이 언덕을 내달려갔다.

무린은 고삐를 잡아채기 전, 다시 단문영을 바라봤다.

"알아들었을 거라 믿는다."

"……."

얼굴이 살짝 일그러져 있는 게, 딱 봐도 마음에 들지 않는 눈치다. 그러나 그건 무린이 신경 써줄 필요가 없다.

이랴!

고삐를 당기고 옆구리를 걸어차자 무린을 태운 전마도 언덕을 내달리기 시작했다.

저 멀리 김연호와 연경이 보였다.

어느새 상당한 거리를 먼저 달려간 둘이 확인을 했는지, 무린에게 신호를 보냈다.

손을 휘젓는 모양새를 보니…….

'명군이군.'

무린의 두 눈에 기광이 번뜩였다.

잘 됐다.

아주… 잘 됐다.

조금 더 달리니 명군의 깃발도 보였다.

대명을 상징하는 깃발에, 그 밑으로 소속 성의 단어가 적혀 있었다. 곧이어 명의 기병이 통화의 문을 넘어, 안으로 진입했다.

진입하는 즉시, 소란이 일어나는 게 아직 반밖에 도착하지 못한 무린의 귀에도 들려오는 것 같았다.

김현호와 연경이 속도를 늦추고, 무린의 뒤로 붙었다.

"말했듯이 우리 목표는 수뇌부다! 조무래기는 무시해!"

"알겠습니다!"

바람을 흐날려가는 무린의 외침을 둘은 용케 알아듣고 대답을 해왔다.

이랴!

이랴!

두드드드!

무린은 속도를 조금씩 더 끌어올렸다.

머리카락이 사정없이 바람에 휘날렸지만 그마저도 무시하는 무린은 어느새 입구에 도달한다.

그리고 그대로 속도를 늦추지 않고 진입했다.

난전이 벌어지고 있었다.

말총머리가 특징인 북원의 병사들과 대명의 기병이 어우러져 서로 사정없이 창칼을 서로에게 날리고 있었다.

그걸 확인한 무린은 외쳤다.

"따라와!"

"네!"

난전이 목표가 아닌 무린이다.

목표는 오직 북원의 수뇌부. 그중에서도 최고 지휘관이다.

선회를 해서 난전을 피해 골목으로 내달리는 무린. 스쳐지나가는 시선 곳곳에 피가 덕지덕지… 묻어 있었다.

누구의 피일까?

북원의 군세?

까드득……!

'개자식들……!'

이제 소년이나 되었을까?

열 살 전후의 어린아이의 시체가 전방에 보였다.

으득!

이를 간 무린이 전마를 타고 높게 날아올랐다.

이미 꺼진 생명이 꺼진 육체이지만, 그 시신만은 온전히 남겨주고 싶은 생각이었다.

"끼야하!"

북원의 병사 하나가 담벽 위에서 달려오더니 무린에게 뛰어내렸다. 두 손을 한껏 뒤로 재끼고, 손에 든 북원기형도를 거칠게 내려쳤다.

떨어지면서 휘두르니 그 위세가 무시무시했다.

하지만, 무린의 두 눈에 흐르는 기광은 더욱더 무시무시했다.

기잉!

기이잉!

마녀를 만났을 때와는 다르게 그 위용을 그대로 보여주고 있었다.

깡!

"칵!"

벼락같이 휘두른 무린의 창에 얻어맞은 북원의 병사가 어마어마한 거력에 그대로 담벼락을 부수고 사라졌다.

예전과는 다른 막강한 무력.

전방으로 하나 둘, 북원의 병사들이 나오기 시작했다. 좁은 골목이지만 무린은 결코 걱정하지 않았다.

이젠 북원의 병사들 따위… 조금도 겁나지 않았다.

하아!

병사 하나가 옆에서 튀어나오더니 무린의 얼굴을 향해 도를 뿌렸다.

스윽, 무린의 상체가 누워지면서 도는 허무하고 허공을 갈랐고, 눕혀져 있던 상체가 도로 올라오며 그 원심력을 어깨에 실어 고스란히 전방에 있던 병사에게 창을 휘둘렀다.

스악.

푸확!

막긴 막았다.

그러나 삼륜의 힘은 그대로 도를 절단하고 허벅지부터 상체까지 베어버렸다. 뾰족한 창날의 끝에서 핏방울이 튀었다.

퍽!

쓰러지는 병사의 얼굴을 김연호가 지나가며 대검으로 후려쳤다. 형체도 없이 파괴된 얼굴은 이미 병사가 이승의 사람이 아님을 적나라하게 보여줬다.

쉭!

담벼락 위에서 달려오던 병사 하나의 얼굴에 비도가 날아들었다. 소리 없이 바람을 가르고 쏘아진 연경의 비도가 병사의 눈에 틀어박혔다.

악!

고개가 하늘로 치켜 올라가며 비명을 지르더니 상체가 기우뚱 중심을 잃었다. 지나가던 무린의 창대가 그 병사의 종아리 쪽을 무자비하게 후려쳤다.

퍽!

한 바퀴를 빙글 돌아 담벼락에 얼굴부터 쿵 처박더니 담벽 너머로 사라졌다.

저 멀리 골목의 끝이 보였다.

번뜩!

두 눈에서 기광을 번뜩인 무린이 더욱더 거세게 내달렸다.

곳곳에서 북원의 병사들이 도를 날려 왔지만 무린은 결코 그들의 공격을 허용하지 않았다.

마치 환상처럼 펼쳐지는 무린의 공격은 모든 공격을 너무나 가볍게 튕겨냈다.

전마의 몸체를 노리는 공격들도 마찬가지였다.

그저 창을 쥐고 손목을 비틀어 짧게 휘두르는 것만으로 전부 튕겨내고, 오히려 역습을 가해 치명상을 입혔다.

전마일체.

북원의 악마기병이 그렇다고들 했다.

하지만 지금의 무린도 그 단어에 너무나 어울렸다.

이윽고 골목이 끝나고 넓은 광장 같은 장소가 나왔다.

급히 시선을 돌려 광장을 보니, 천막 하나가 보인다.

역시!

보통 보편적으로 한 부대가 자리를 잡으면, 보통 중앙 아니면 후미에 자리를 잡게 된다.

이 마을에는 동서남북 어느 곳으로 후미를 잡아도 전방이 되니 당연히 중앙에 자리를 잡았을 거라 생각한 무린이었다.

운집해 있는 병력이 보였다.

곧장 그쪽으로 방향을 튼 무린이 소리쳤다.

"선회하면서 타격해!"

"네!"

둘의 대답과 동시에 무린의 신형이 전마의 등을 박차고 허공으로 솟구쳤다.

무린을 발견하고 달려오던 북원의 병사들의 머리위로 떨어진 무린.

꽈직!

내려찍은 창대가 손을 들어 막은 도를 분지르고, 투구를 그대로 내려쳤다. 일직선으로 내려찍었는지라 병사의 목이 순식간에 자라목이 되었다.

물론, 그건 피한 게 아니었다. 강제적으로 자라목을 만들어 버렸으니, 병사의 목뼈는 모조리 함몰되었을 것이다.

"흐읍!"

기이잉!

짧은 기합, 그리고 상단이 열리며 기음을 토해내는 삼륜이 무린이 쥐고 있는 철창의 창날에 우윳빛 창기를 생성시켰다.

"하압!"

무린은 그대로 가로로 그었다.

슈악!

날카로운 기음과 함께 그대로 어느새 전방에 들이닥친 북원의 병사들을 덮쳤다.

반응하고 자시고 할 시간도 없이 초근거리서 뿌려낸 무린의 창기가 북원의 병사들을 그대로 갈라버렸다.

도, 갑옷 할 것 없이 모조리 갈라버린 무린의 창기는 순식간에 바닥에 대여섯 구의 시신을 만들어 버렸다.

타다닷!

땅을 박찬 무린의 신형이 무풍형과 동화하자, 놀란 북원 병사들의 전면에 나타났다.

빡!

엇박자로 올려친 발끝에 병사 하나의 턱이 걸렸다.

덜컥! 뚝!

순식간에 뒤로 튕겨나갔다고 제자리로 돌아온 병사의 목이 덜렁덜렁 흔들렸다.

휘익.

착지하는 순간 자세가 낮춰, 우수를 반대로 당겼다가 날개를 퍼듯이 휘둘렀다.

끝에 달린 창날이 다시금 병사들의 육신을 갈랐다.

푸확!

선홍빛 피가 사방에서 솟아올랐다.

전진하는 신형.

퍽!

좌수가 얼굴을 그대로 후려쳤다.

코가 짓뭉개지는 걸로 결코 끝나지 않았다. 날카로운 삼륜공의 내력이 담긴 무린의 일장이다.

뒤통수부터 피가 튀면서 눈동자에서 빛이 꺼져갔다.

그 빛은 생명의 빛. 하나 이곳은 전장이다.

무린의 두 눈에는 일말의 자비심도, 죄책감도 없었다. 이곳이야말로 강자만 살아남는 비정한 세계다.

또한, 살인이라는 죄악이 허용되는 대지다.

휙!

뻗어져 나갔던 발이 축이 되고, 무린의 신형이 회전한다. 그 회전력을 받아 뻗어진 좌각이 달려들던 병사의 복부를 걸어찼다.

퍽!

타격 즉시 칵! 하고 짧은 신음을 낸 병사의 등이 터지고 동시에 신형이 붕 떠서 뒤로 날아갔다.

시신은 곧바로 살아생전 아군이었던 동료들을 덮쳤다.

그건 곧 진형의 붕괴를 만들었다.

순간 멈칫한 그들에게 무린의 잔인한 창날이 다시금 날아들었다.

쿵!

푹!

진각과 함께 힘차게 뿜어진 무린의 창날이 발차기에 맞고 죽은 시신을 잡은 병사의 목젖을 뚫고 들어갔다가 다시 사뿐 빠져나왔다.

푸확!

"억, 컥⋯⋯!"

짧은 신음과 함께 피가 분수처럼 솟았다.

잘린 경동맥이 피를 맹렬히 뿜어냈다.

목젖에 구멍이 난 병사는 자신의 손으로 어떻게든 막으려고 했지만 이미 늦었다.

살고 싶었다면⋯ 애초에 허용하면 안 된다.

무린의 일격, 일격은 모조리 살수다.

결코 부상병을 만들어내지 않고, 반드시 사망자를 만들어낸다. 끈질긴 이들은 부상을 입혀봐야 질질 다리를 끌고, 아니면 하나밖에 남지 않은 팔로 도를 바꿔 잡고 악귀처럼 달려들기 때문이다.

그렇기 때문에… 일격일살.

무린이 북방에서 배운 살인기예다.

익히고 싶어서가 아닌, 살기위해 저절로 습득된 그런 기예였다. 또한 십오 년을 버티게 만들어줬으니 얼마나 예리하고 치명적인지는 굳이 말 안 해도 되리라.

뽑아낸 철창을 미끄러지듯 창대의 중앙을 다시 고쳐 잡고 짧게 휘둘렀다. 마치 풍차처럼 휘돌더니 창날은 달려들던 병사의 얼굴을, 창대는 반대쪽 병사의 목을 내려찍었다.

워낙에 빠르고, 워낙에 강맹하다.

결코 북원의 병사들이 막을 수 있는 일격이 아닌지라…….

서걱, 하고 잘리고.

빠각! 하고 부러졌다.

큭!

이제야 알아본 것일까?

자신들이 상대할 수 있는 수준이 아니라는 것을?

주춤하는 그 순간, 무린도 그걸 확인했다.

하지만 이제 와서 그걸 안다 해도 아무 소용이 없었다.

무린의 얼굴에 희미하지만 사납고, 차가운 미소가 점차 맺히기 시작했다.

그것은 명백한 조소.

이미 늦었다는 것을 적에게 선포하는 비정한 미소였다.

기잉.

기이잉!

결코 남에게 들리지 않는 기음을 토하는 삼륜공이 또다시 무린의 창날에 맺혔다. 잠시의 움찔거림은 무린의 창날에 창기가 완연하게 맺히도록 만들었다.

막았어야.

살았을 텐데.

큭!

하고 인상을 쓰는 북원의 병사들에게 무린의 창날이 그어지며, 사형선고를 너무나⋯ 확실하게 내렸다.

푸확!

사지육신이 갈라지고, 붉은 피가 솟구쳤다.

*   *   *

"막아라!"

희죽.

거친 몽골어를 들은 김연호의 얼굴에 맺힌 미소는 살소였다. 무린의 명대로 주변을 선회하며 타격을 하던 김연호는 드디어 반응이 왔구나 생각했다.

정면으로 쳐들어가는 무린.

그런 무린에게 쏟아질 신경을 분산시키는 게 자신의 임무임을 김연호는 명확히 이해하고 있었다.

물론, 그건 연경도 마찬가지였다.

"연경!"

"흡!"

그저 이름만 불렀다.

하지만 단지 그것만으로 김연호의 의도를 알아차린 연경이 짧은 기합과 함께 마상에서 비도를 뿌렸다.

바람을 가르고 날아간 비도가 정확히 막으라고 소리친 북원의 수뇌부 하나의 이마에 꽂혔다.

가히 신기에 다다른 비도술이다.

"활을 쏴라!"

또 다른 지휘관이 소리쳤다.

그러나 김연호는 그 외침이 단 하나도 무섭지 않았다.

화살공격? 그것에 발발 떨던 때는 이미 예전, 한참 예전에 지났다.

몇 십은 족히 되어 보이는 북원의 병사들이 활을 화살을 걸고 시위를 당겼다.

그걸 보며 김연호는 시선을 앞으로 돌려 전방을 확인했다.

엄폐하거나 방패가 되어줄 것들이 전방에 없었다.

"돌격한다!"

김연호가 그렇게 외치고 고삐를 잡아 채 진로를 틀었다.

목표는?

당연히 궁병이다.

전면에 명의 기병을 상대하느라 그런지 본진 쪽에 병력이 상당히 적었다.

그래서 궁병이 방패병이 엄호도 받지 못하고 있었다.

이런 궁병은……

그저 맛좋은 먹이에 지나지 않았다.

마상언월대도를 손에 쥔 김연호의 거친 돌격에 뒤에서 따르던 연경의 손에도 검이 잡혔다.

비도술만큼은 아니지만 연경은 검 솜씨도 수준급이다.

물론 그 솜씨란 사람의 목숨을 썰어내는 솜씨였다.

퉁. 투두두둥!

시위가 높아지고 둘에게 화살이 빗발치며 날아들었다.

그러나 이 정도 화살공격에 당할 것 같았으면… 애초에 김연호는 부조장에 오르지도 못했을 것이다.

팅. 티디딩!

넓은 언월대도의 면을 휘둘러 능숙하게 화살을 쳐낸 김연호가 어느새 다시 활에 화살을 맥이고 있는 궁병들에게 쇄도했다.

좌아악!

스쳐 지나가며 뿌려진 언월대도가 궁병 셋의 목을 그대로 따버렸다. 호리호리한 체격과는 다르게 김연호는 거력의 소유자다.

그래서 무기도 다루기 힘들다는 언월대도다.

거기다가 마상에서 쓰는 것이기에 다른 언월대도보다 더욱 컸다.

그리고 무거웠다.

그런 무거운 중병이자 장병으로 김연호는 능숙하게 다룰 줄 알았다.

그 뒤를 이어 좀 더 깊숙이 돌진한 연경이 검을 휘둘렀다.

마상에서 쓰는 검이라 역시 보통의 검보다 조금 더 긴, 특별히 제작한 연경만의 검이었다.

좌악!

가슴이 갈라지고 궁병 하나가 쓰러졌다.

동시에 좌수를 가슴속으로 넣어 비도 하나를 꺼낸 연경이 거침없이 전방으로 뿌렸다.

푹!

좀 전에 활을 쏘라고 한 또 다른 지휘관에게 바람을 가르고 비도. 그러나 고개를 숙이면서 그 뒤에 병사 하나가 대신 맞아 버렸다.

"칫."

짧게 혀를 찬 연경이 다시 검을 끌어당겼다가 날개 펴듯이 뿌렸다. 손끝에 걸리는 육신의 느낌이 적나라하게 느껴졌다.

연경은 이를 악물었다.

생명의 존엄함을 느껴서?

아니었다.

동생, 먼저 간 동생이 떠올라서였다.

물론, 그들은 북원의 군세가 아닌 혈사대가 원수였지만 이들도 무관하지 않다.

그들과 동맹관계.

적의 적은 아군이 될 수는 여지가 있지만, 적의 동맹은 무조건 적이다. 그래서 연경은… 하나라도 더 죽이고 싶었다.

어차피 원수.

여태 내색은 하지 않은 연경이지만, 그는 언제나 속에 천불을 안고 있었다.

꺼지지 않는 답답함, 그것은 당연히 복수심이라는 연료를 매개체로 타고 있어서일 것이다.

연이어 비도가 날았다.

팍!

파박!

거침없는 속도와 맞물려 날아간 비도가 순식간에 궁병 셋을 저승으로 보내 버린다. 그리고 다시 장검을 휘두른다.

촤아악!

연경이 검에 표적이 된 궁병은 숙여서 공격을 피했다.

그러나 연경이 검이 빨랐다.

잔인하게… 그는 머리의 일정부분이 잘리고 말았다.

"연경!"

깊숙이 들어가서 일까?

김연호가 그를 부르고, 다시금 멀리 바깥으로 질주하기 시작했다.

그건 곧 타격을 멈추고 다시금 적의 시선을 끌기 위해 선회를 시작한다는 뜻.

연경은 조금 더, 조금 더… 자신의 천불을 끄고 싶었지만 복수심에 눈이 멀어 멍청한 짓을 할 정도로 연경의 수양이 낮지는 않았다.

기회는 많다.

그러니 조급할 것도 없었다.

"칫."

하지만 조금 열린 입술 사이로 짧게 불만의 소리가 나오는 것까지 막을 수는 없었다.

두드드드.

단 이 기.

이 기의 비천대가 이미 혼잡, 난전이 된 북원의 중앙 수뇌부를 뒤흔들기 시작했다. 그리고 그 틈에, 무린은 이미 자신의 앞을 가로막은 보병의 무리를 거의 뚫어가고 있었다.

＊　　＊　　＊

거침없이 두 번째 창기로 적병을 도륙한 무린은 생각했다.

'확실히⋯⋯.'

전보다 강해졌음을 느낀다.

적의 움직임이 하나하나 보였고, 자신에게 공격이 들어오기 전에 먼저 선제공격으로 숨을 끊어버렸다.

'일륜을 쓰지도 않았어.'

북원의 병사들은 강하다.

그 수는 분명히 적지만 대명의 정예병과 비견되는 게 북원의 기본 병사들이다. 그런 적병을 무린은 너무 손쉽게 상대하고 있었다.

두 번째 창기를 발출하고 나서, 얼굴을 잔뜩 굳히거나 공포에 질린 병사들을 보면서 무린은 생각했다.

'속전속결. 최대한 빨리 뚫고 적장을 잡는다!'

난타로 잡던 공격방침이 변경된다.

타다닷!

무린의 신형이 다시금 앞으로 쭈욱 뻗어 나갔다.

그리고 쿵! 지면을 강하게 박차고 허공으로 치솟았다. 족히 삼 장은 날아오른 무린, 그것은 무풍형의 위력과 삼륜공이 전달해 주는 내력의 힘이다.

중력의 법칙을 무시하는 수준이 아니기에 서서히 떨어지는 무린은 창을 높게 들었다.

물론, 창날은 뿌옇게 물들어 있었다.

이미 창날에도 내력을 뭉쳐놓은 무린이다.

촤라락!

풀려나가는 우윳빛 창기가 땅에서 무린을 바라보던 병사들을 덮쳤다.

푸확!

지면에 떨어진 창기가 터져 나가며 그 기운을 사방으로 토해냈다.

낮게 깔려나간 창기는 당연히… 적병의 다리를 인정사정없이 잘라버렸다.

"아악!"

비명을 토해며 기우뚱 쓰러지는 적병들 사이로 착지한 무린의 신형이 잠시 멈칫하더니 다시 튕기듯이 쏘아져 나갔다.

달려 나가는데 적병 하나가 넘어진 상태에서 무린의 하체를 노리고 도를 날렸다.

두 다리가 정강이부터 이미 잘렸는데도 눈에는 독기가 번뜩이고 있었다. 이래서, 이게 북원의 병사들이 무서운 이유다.

어떻게 된 게 반에 반 이상이 독종이다.

이런 독심은 전장에서 큰 힘을 발휘한다. 아닌, 큰 힘 정도가 아니라 무시무시한 상황을 만들어낸다.

그러나 무린도 독종이다.

슬쩍 신형을 띄워 도를 피한 무린은, 곧바로 발에 내력을 집중하고 착지했다.

꽈드득!

얼굴과 복부를 짓밟아 버리자 적병이 칵! 하고 신음을 토하더니 피를 뿜었다.

그 피는 무린의 흑의에 잔뜩 묻었지만 무린은 개의치 않고 곧바로 다시 내달렸다.

물론 그냥 달리지는 않았다.

빡!

진로에 있던 병사의 얼굴을 후려쳐 날려 버렸다.

맞는 즉시 고개가 거의 한 바퀴를 돌아가 버렸고, 그 충격에 부들부들 떨더니 무린이 어느새 지나쳐 저만치 달려갔을 때쯤, 풀썩 자리에 쓰러졌다.

"카아악!"

적병 하나가 쇳소리가 섞인 신음인지 기합인지 모를 소리를 내더니 무린을 일도양단할 기세로 도를 내려쳤다.

그러나 무린이 빨랐다.

도가 떨어지기도 전에 텅 빈 안으로 파고들어, 무풍형의 속도가 그대로 담긴 어깨치기를 작렬시켰다.

퍼억!

"컥⋯⋯."

그 일격에 적병은, 이승에서 마지막 단발마를 남기고 뒤로 날아갔다.

이미 시체가 됐을 적병의 육체와 그 뒤에 있던 적병들이 한데 뒤엉켜 쓰러졌다.

그리고 보였다.

적병 밖에 보이지 않던 무린의 시야에, 저 멀리 흔히 북원의 병사들이 '빠오'라고 부르는 천막이 보였다.

드디어.

무린의 입가에 진득한 미소가 맺혔다.

타다다닷!

순식간에 틈을 통과한 무린이 빠오를 향해 거침없이 내달리기 시작했다. 아직은⋯ 누군지 모른다.

그러나 극도로 예민해지고, 삼류의 내력마저 집중하자 저 멀리서 고함치는 소리가 들렸다.

얼른 살펴보니… 빠오의 앞에서 두 개의 뿔이 난 투구를 쓴
적장이 보였다.

적장은 무린을 바라보고 있었다.

일그러진 얼굴로.

그는 무린이 나타나자마자 손가락질하며 주변에 소리치고
있었다.

무린은 달리면서 속으로 생각했다.

'고맙다. 소리쳐 줘서……'

그 생각은 비릿한 미소와 함께 흘러나왔고, 언젠가 보였던
신위를 또다시 보였다.

거리를 가늠하고 이때다 싶은 그 순간이 왔다.

부웅.

허공으로 날아오르는 무린.

그런 무린의 오른팔이 급격히 뒤로 당겨졌다.

그러나 시선은 여전히 적장을 향해 고정되어 있었다.

활강하듯 높게 떠오른 무린은 급격히 당겨놓은 오른팔을
풀었다.

슉.

무린의 철창은 소리도 없었다. 그러나 무시무시한 속도와
힘을 머금고 그대로 적장을 향해 빛살처럼 쏘아져 나갔다.

그리고 순식간에 지면에 처박혔다.

꽉!

부르르르.

땅바닥에 꽂힌 철창이 그 아직 담겨 있는 내력으로 인해 부르르 떨었다. 창이 움직임을 멈췄을 때, 뚝뚝 피가 떨어졌다.

적중.

광장은 순식간에 정적에 잠겼다.

저벅, 저벅저벅.

어느새 지면에 안착한 무린은 천천히 자신의 창이 있는 곳으로 걸었다.

"으으……."

무린의 신위에 질렸던 것일까?

아니면 이들이 정병이 아닌 것일까.

어느 것이든 상관없었다.

촤라락 갈라지는 길을 따라 걸은 무린은 꼬치가 되어, 눈을 끔뻑이며 피를 게워내고 있는 적장의 머리를 잡고, 잠시 바라보다가 손날로 쳐버렸다.

꽉!

그리고 그 뿔을 잡은 채 높게 치켜 올리고, 후우… 배에 힘을 가득 실고 소리쳤다.

대명의 정천호 진무린이, 적장을 잡았다!

모두 투항해라!

쩌렁쩌렁!

내력이 가득 담긴 무린의 외침은 통화의 비통한 하늘에 울려 퍼졌다.

전투의 강제종료를 울리는 북소리였다.

     *   *   *

"투항해라! 투항하는 자는 살려주겠다!"

"모두 무기를 버려라! 이미 너희는 포위됐다!"

김연호와 연경이 어느새 무린의 곁으로 와서 내공을 가득 담아 소리쳤다. 내력은 이제 겨우 갓 일류에 진입한 둘이지만 적의 의지를 꺾어버리는 큰 외침을 토해내기에는 아주 충분했다.

멍하니 있던 적병들이 그제야 정신을 차렸다.

"적은 겨우 셋이다! 모두 저자들을 잡아라!"

그래도 수뇌부 급이라고, 투구를 쓴 적병이 가장 먼저 정신을 차리고 무린과 김연호, 연경을 향해 손으로 삿대질을 하며 소리쳤다.

"……"

"……."

하지만 그걸 지켜보고만 있을 셋이 아니었다.

"뭣들하나! 저들만 잡으면 된다! 모두 달려들… 크륵."

주변을, 자신의 부하들을 보며 소리치던 적병의 목에 다시 비도가 소리 없이 꽂혔다.

경계를 해도 부족할 판인데, 한눈을 판 대가는 당연히 자신의 목숨이었다.

꿀꺽.

누군가가 침을 삼켰는데, 너무나 조용해서였는지 마치 그 소리가 천둥치는 소리처럼 적막한 광장에 울렸다.

스윽.

무린이 창대를 잡고, 적장의 몸을 발로 밟아 빼버렸다.

그그극.

뼈에 걸렸는지 귀에 거슬리는 소음을 동반한 철창이 다시금 무린의 손에 잡혔다.

휙.

적장의 머리를 앞으로 던진 무린이 나직한 목소리로, 그렇기 때문에 서늘함이 가득한 말투로 말했다.

"아직도 더 싸우고 싶은 자가 있다면, 나서라."

오연, 오만.

자신의 무력을 입증하고, 이 장소에 있는 모든 자들에 위에

군림하는 자가 내뱉은 그 말에 당연히 누구도 대답할 수 없었고, 나설 수도 없었다.

북원의 병사들은 분명히 독종이다.

그건 수없이 마주 싸웠던 무린이 가장 잘 알고 있는 사실이다. 하지만 주목해야 할 것은 이들이 왜 병사인가에 대해서다.

강하면 전사란 호칭이 붙었겠고, 전사보다 강했다면 북원의 다른 부대에 들어갔을 것이다. 예를 들면 악마기병이나, 초원여우 같은 특수부대 말이다.

하지만 이들은 병사다.

즉, 정신적인 능력도, 육체적인 능력도 가장 떨어진다는 소리였다.

결국 이들은 아직 인간, 명의 정예 수준에서 벗어나지 못했다는 소리다.

그러니 침묵하고, 나서지 못했다.

자신의 생명을 아끼고 싶었으니 말이다.

"……."

"……."

저마다 눈치를 보고 있었다.

몇몇 복장이 다른 적들도 감히 입을 열어 소리치지 못했다.

똑똑히 보았기 때문이었다.

소리쳤다가, 어떻게 되었는지.

수십이 넘는 병력을 뚫고 나와 단숨에 자신들의 지휘관을 죽여 버린 무린이 있었고. 단 둘이서 보병, 궁병 할 것 없이 농락한 김연호와 연경이 있었다.

나선다는 건 곧 그들에게 나 죽여주소 하는 것과 하나도 다를 게 없는 상황이었다.

와아아!

적장의 목을 쳐라!

뚫어!

거친 함성이 다시 앞쪽에서 들려왔다.

외침으로 보건데 분명 명나라인의 목소리였다.

잠시 후 수십 기의 기마가 맹렬한 기세로 광장을 향해 달려왔다.

그러다 광장의 상황을 가장 선두의 사람이 빠르게 확인했는지, 손을 들어 진격을 멈췄다. 멈춰선 채 주변을 둘러보고는, 가장 중심에 있는 무린을 향해 그대로 다가왔다.

북원의 병사들은 그 행동에 얌전히, 그리고 완전히 포기한 채 길을 열었다. 광장에 많은 병력이 없었던 것은 당연히 이들, 명의 기병 때문이었다.

이들이 오자 병력의 대부분을 내보낸 상태였다.

그래서 중앙에는 거의 백에 가까운 병사밖에 없었고, 무린이 그 틈을 파고들어 적장의 수급을 베어버릴 수 있었던 것이다.

"당신이 여기를 정리했나?"

부리부리한 인상에 턱수염이 가득한 사내였다. 나이는 이제 불혹에 가까워 보였는데, 눈에 흐르는 정광이 얼마나 이 사내가 올곧은 자인지 대변해 주고 있었다.

"그렇소."

"음… 나는 대명의 부천호, 위연광이다. 당신은?"

"정천호 진무린이오."

그렇게 대답하고 위연광에게 무린은 품속에 있던 정천호의 패를 던졌다.

탁, 소리가 나게 잡아챈 그가 패를 확인하고는 즉시 말에서 뛰어내렸다.

"길림 군부 청연군 소속, 부천호 위연광이 정천호 진무린 장군을 뵙습니다."

위연광이 무린에게 군례를 올리자, 그 뒤에 있던 기병들도 전부 내려 무린에게 군례를 올렸다.

또한 그 후미로 백이 넘는 기병이 줄줄이 들어왔다. 입구에 서 있었던 전투를 정리하고 뒤를 따라온 게 분명했다.

고개를 끄덕인 무린은 주변을 돌아보고 말했다.

"예는 나중에 받겠소. 일단 주변을 정리하시오."

"알겠습니다! 홍개, 광염! 이 개자식들 전부 포박해! 반항하는 새끼들은 모조리 죽여 버려! 장소! 소대 하나 끌고 생존자를 찾아라! 명연! 피해상황을 파악해라!"

"네!"

"네!"

"알겠습니다!"

위연광의 말에 몇몇 사내가 대답을 하고는 곧바로 그 명을 따르기 시작했다. 어느새 북원의 병사들은 거의 전부가 무기를 땅에 내려놓고 있었다.

이미 느낀 것이다.

자신들이 패했다는 것을.

"꿇어! 이 개새끼야!"

"큭!"

여기저기서 구타와 함께 포박이 시작되었고.

"칼 안 버려? 안 버려? 이 새끼가!"

"컥!"

푹! 푸북!

끝까지 반항하던 자들은 그대로 창칼에 찔려 쓰러졌다.

인정사정없는 전후처리 방식이었지만, 무린은 당연히 그걸 보고 아무런 감홍도 없었다.

어차피 적, 전장에서 적은 죽어 마땅한 자들이다. 거기다가 민간백성을 학살한 자들에게 보여줄 자비는 아주 조금도 없었다.

청연군 소속 기병들은 능숙했다.

포위망을 조이고, 창칼로 위협하면서 능숙하게 북원의 병사들을 진압했다. 순식간에 거의 백에 달하는 포로가 생겨났다.

"이곳에 있던 북원의 군세가 아주 많지는 않았던 모양입니다."

김연호의 말에 무린은 고개를 끄덕였다.

통화가 작은 마을은 아니지만, 그렇다고 큰 마을도 아니었다. 애초에 이곳을 공격한 북원군은 대략 삼백이 넘지 않았다.

천리안 바타르가 선택한 길림점령전은 단기전이기 때문이다.

삼분지 일의 병력을 최대한 쪼개 자잘한 현을 점령하고, 주력부대가 장춘과 길림을 동시에 공략하려 했기 때문이다.

아직 장춘과 길림은 저항중이다. 하지만 길림 각지로 퍼진 소수군은 현이란 현을 모조리 쓸어버리고 있었다.

이곳, 통화는 그나마 맨 끝에 있었기 때문에 무린이 도착했을 때까지 무사한 것이었다.

"이쪽으로 오시죠."

광장의 상황이 어느 정도 정리가 되자 위연광이 무린을 한쪽으로 안내했다. 적장이 썼던 빠오는 이미 갈가리 부서진 채였고, 그 자리에 조잡하지만 명군 방식의 막사가 차려졌다.

"감사합니다."

무린이 상석에 앉고, 김연호와 연경이 그 뒤에 서자 위연광이 무린에게 깊게 고개를 숙이며 감사의 예를 올렸다.

군례가 아닌 허리를 접어 보인 예였기에 무린도 일어나 마주 고개를 살짝 숙였다.

"아니오. 지나가던 길이어서 도왔을 뿐이오."

"그래도 감사합니다. 비천객의 명성, 익히 들었습니다."

"허명이오."

진무린이란 이름 석 자.

사실 명군에는 이미 유명할 데로 유명한 이름이었다. 호왕의 난 당시 남선공주를 구하고 정천호의 관직을 받은 자.

지닌 바 무력이 이미 절정에서도 끝을 바라보고 있는 무인.

그리고 비천대의 대주.

비천대도 유명했다.

비천객이 이끄는 무력단이라는 이유도 있지만, 그들이 정도를 도와 전쟁에 참가했다는 것과, 단원 개개인의 무력도 상당하다는 게 이유이기도 했다.

어쨌든, 진무린이란 이름은 상당히 유명했다.

"현제 길림의 정세는 어떻소?"

"휴우······."

무린의 질문에 위연광은 짙은 한숨을 내뱉었다. 아마, 생각도 하기 싫은 만큼 암담하다는 뜻일 것이다.

한숨 후 위연광은 답답한지 가슴을 비볐다.

"장춘, 길림이 뺀 대부분이 함락되었다고 보는 게 좋습니다. 바타르가 병력을 몇 백, 많게는 몇 천씩 쪼개 모든 현과 마을을 점령했습니다. 저는 진뢰를 지키고 있었습니다만···몇 번의 패배 후 여기까지 도망쳤습니다. 그러다 패잔병을 규합해 작은 부대를 이끌고 기습전을 펼치고 있는 실정입니다."

"음······."

거의 모든 현이 넘어갔다.

천리안 바타르가 들어왔으니 뭐, 당연한 일이다. 그 넓게 보는 혜안 덕분에 천리안이라는 어마어마한 별호가 붙었다.

멀리 있어도, 눈앞에 있는 것처럼 상황을 예측해낸다는 책

략가인 것이다.

그는 이미 장춘과 길림의 성지휘사가 자신들의 안위를 위해 병력을 두 개의 성으로 집합할 것이라 예상했다.

실제로 그렇게 상황은 흘러갔고, 바타르는 거침없이 병력을 쪼개 현이란 현을 모조리 점령한 것이다.

위연광은 그걸 막기 위해 고군분투하고 있는 것이고.

"도와주고 싶지만, 안 되겠소. 나는 내 전우들을 만나러 가야 하오."

"알고 있습니다. 비천대가 장백산으로 향했다는 것은 들어 알고 있습니다. 하지만… 만약 비천대와 합류하신 그 후에는……."

조심스럽게 위연광이 비천대와 만나고 나서, 도와달라고 한다. 무린은 그 도와달라는 부탁을 거절하지 않았다.

어차피, 비천대와 합류한다면 어떻게 됐던 작전을 펼쳐야 한다. 무린이 지금 생각하는 건 후미를 공략하는 일이다.

소수이고, 기병이니 보급대를 괴롭히기는 더할 나위 없이 좋다. 전쟁에서 보급의 중요성은 이미 누누이 설명한 바, 그 작은 괴롭힘은 나중에 전세를 바꾸는 큰 역할을 할 것이다.

"나는 나대로 움직이겠소."

"아, 그래주신다면… 정말 감사합니다."

위연광은 다시 고개를 꾸벅 숙여, 무린에게 감사를 표했다.

무린은 그 행동이 부담스러워 그만 자리에 일어났다.

"뒷정리를 부탁하겠소."

"네, 맡겨주십시오."

대답을 들은 즉시 무린은 막사를 나섰다.

근처의 우물에서 피에 젖은 몸을 씻은 무린은 다시 전마에 올라타 통화를 나섰다.

무린이 타던 전마는 어디 다른 곳으로 도망가지 않았다.

이미 주인으로 무린을 인식한 뒤라 근처를 배회하고 있었고, 상황이 정리가 되자 청연군이 알아서 데리고 와 무린에게 넘겨줬다.

천천히 달리자 오래지 않아 단문영이 서 있는 게 보였다.

그녀가 타는 전마는 한가롭게 풀을 뜯어 먹고 있었고, 단문 영은 가만히 서서 무린을 맞이했다.

"만족하나?"

"예, 만족합니다."

피식.

단문영의 마음 때문에 도와준 건 아니었다.

순전히 자신의 의지로 움직였다.

냉정한 상황 판단 후, 단 삼 인으로 돌격은 너무나 위험하다고 생각했기 때문에 통화로 들어가지 않았다.

만약 위연광이 청연군을 이끌고 통화로 진격하지 않았다면, 그걸 무린이 두 눈으로 직접 확인하지 않았더라면 무린은 통화를 끝끝내 무시했을 것이다.

그게 진무린이란 사내였다.

"가자, 장백산으로."

짧은 그 말을 내뱉자 단문영이 전마에 올라탔다. 그녀가 말에 오른 것을 확인한 무린은 다시금 동쪽으로 내달렸다.

어느새 먼지가 휘날리고 사 인의 신형은 저 끝으로 사라져 갔다.

성산, 장백.

이제 며칠만 더 달리면 나올 것이다.

참으로… 오래 걸렸다.

목숨이 경각에 달한 정도가 아니라, 아예 저승 문턱을 넘었다가 돌아왔고, 팽가의 오해 때문에 거의 이성을 잃었던 적도 있었다.

도무지 속을 알 수 없는 혼심독주를 만나 결국엔 동행을 하게 됐고, 그 와중에 운삼의 부탁으로 심양에 들어갔다가 중원을 아예 멸망시킬, 말도 안 되는 경지에 도달한 마녀를 만났다.

그 마녀를 막는데 힘을 보태달라는 소향의 진심 어린 부탁을 받았고, 자신의 운명… 아니, 천명마저 보고 말았다.

그리고 이제, 그렇게 수많은 일을 겪고, 흔들리고, 깨닫고, 성장한 뒤 길림성과 조선의 경계에 위치한 성산, 장백에 도착해 가는 무린이었다.

*　　　*　　　*

무린은 동으로 쭈욱 달려 림강에 도착했다. 하지만 이미 림강도 통화처럼 폭삭 무너진 상태였다.

그 이유야 당연히 말할 것도 없었다.

천리안 바타르가 쪼개서 보낸 점령군이 림강에도 전쟁의 불길을 놓은 것이다. 사람들은 무사할까?

아니, 그 이전에 무사한 사람이… 있을까?

잿더미가 된 입구의 문을 지나 안으로 들어가니 안은 더더욱 처참했다.

검게 그을렸어야 하는 잿가루에 붉은 혈흔이 곳곳에서 보였다.

"후우……."

단문영이 한숨과 함께 인상을 찡그렸다.

이유는 마을에 들어서기도 전에 바람에 실려 왔던 역한 냄

새가 이유였다.

"이곳도……."

우드득!

김연호가 조용히 중얼거리다가 주먹을 꽉 쥐었는지, 그 분노가 그대로 느껴졌다.

두 눈에 선 핏발이 지금 그가 얼마나 흥분에 빠졌는지 알 수 있었다.

그러나 지금 분노해봐야 늦었을 뿐이다.

그리고 일단 이 상황에서 선 과제는 따로 있었다.

"진정해라. 일단 생존자부터 찾아."

"네, 대주."

김연호와 연경은 무린의 말에 바로 서로 다른 방향으로 달려갔다. 무린도 그들이 가지 않은 방향을 따로 수색하기로 했다.

"처참하네요……."

"……."

단문영이 무린의 뒤에서 조용히 말했다. 그러나 무린은 단문영의 침울한 그 말에 대답하지 않았다.

이 전쟁, 누가 일으킨 것인가.

마도육가와 북원이다.

그들이 합심해 중원을 차지하겠다고 일으킨 전쟁이었다.

단문영이 아무리 그들과 생각 자체가 다르다고 한들, 그 책임에서 자유로울 수는 없었다.

그러니 무린이 아무런 대답을 하지 않은 것이다.

해봐야 좋은 기색으로 나갈 리가 절대 없으니 말이다.

하아.

다시 한숨이 들려왔지만 무린은 무시하고 삼륜을 최대로 끌어올렸고, 그 후 기감을 최대한 넓혔다.

적막함.

기감에 잡히는 건 아무것도, 정말 아무것도 없었다.

까득.

무린은 이빨이 절로 가리는 것을 경험했다. 이 정도의 큰 마을에, 생존자가 단 하나도 없다니…….

'끌고 갔어. 애, 어른이고 할 것 없이 전부 다.'

무린은 그 이유를 파악할 수 있었다.

전쟁이 일어나면 포로를 잡는 건 지극히 자연스러운 행위다.

그리고 그 포로의 범위는 병사부터 시작해 민간백성까지.

이유는 당연히 여러 가지가 있었다.

아예 자신들의 거주지까지 끌고 가 노역이나 이런 험한 일에 투입시킬 때가 있었고, 그게 아니면… 교섭을 위해 포로를 만들기도 했다.

'설마 아니겠지. 천리안이 설마…….'

하지만 그런 것만이 이유일 수는 없었다.

지휘관이 정말 제대로 작정하면 포로를 화살받이로 쓴다.

특히 그런 상황이 많이 벌어지는 때가 바로 공성전이다.

정신적으로 타격을 주기 위해 주로 사용하는 책략인 것이다.

무린은 설마 그러지 않을 것이라 생각했다.

바타르가 굳이… 그런 계책을 쓰지 않더라도 장춘과 길림성을 함락할 수 있을 것이기 때문이다.

무린은 주변을 계속해서 수색했다.

하지만 여전히 생존자를 찾지는 못했다.

정말 단 하나도 남기지 않고 끌고 갔다.

저항하는 자는 죽여 태웠을 것이고, 나머지는 모조리 끌고 갔다.

다시 광장에 돌아가니 김연호와 연경이 먼저 돌아와 있었다.

"생존자는?"

무린의 질문에 김연호와 연경이 어두운 표정으로 고개를 저었다.

"단 한 명도 없었습니다. 모두 끌고 간 것 같습니다."

무린과 똑같은 답을 김연호가 내놓았다. 그 말에 무린은 고개를 끄덕였다. 이곳만 그런 것은 아닐 테니, 아마 수없이 많은 백성들이 줄줄이 엮여 끌려가고 있을 것이다.

다만, 그 목적지가 도성인 장춘이나 그 옆 성인 장춘만 아니기를 무린은 바랐다.

"어떡하시겠습니까?"

"음⋯⋯."

연경의 질문에 무린은 땅을 봤다.

이미 시간이 상당히 지났는지 붉었어야 할 혈흔은 검기만 했다. 이곳이 화를 입은 지 이미 꽤 시간이 지났다는 뜻이다.

추적하려면 할 수야 있었다.

무린은 물론 김연호와 연경도 충분히 그럴 실력이 된다.

하지만 이쪽의 전력이다.

추적에 성공해도, 구출할 수 있는 전력이 없다.

통화에서 단 삼인으로 믿지 못할 쾌거를 만들어냈지만 그건 명의 기병이 있었기에 가능한 일이었다.

명군과의 교전으로 중앙 쪽의 방비가 허술해지지 않았다면 아무리 무린이라도 결코 꿈도 못 꿨을 일이었다.

아니, 지휘관은 잡을 수 있었어도 탈출은 불가능했을지도 몰랐다.

　이번에도 마찬가지다.

　무사히 적을 구출한다 해도 어쩌면 추격대에 곧바로 잡힐
지도 몰랐다.

　림강은 크지도 않지만 작지도 않았다.

　아마 잡혀간 인원만 못해도 몇 백은 될 것이다.

　그들을 보호할 전력이 없었다.

　"바로 장백산으로 간다."

　무린은 결정을 내렸다.

第八十八章

재회(再會)

귀환병사

추적해서 끌려간 림강의 주민들을 구하는 것보다, 비천대
와 만나는 게 훨씬 급선무라 생각했다.

그래야 선택할 수 있는 폭이 넓어질 것이기 때문이다.

"알겠습니다."

김연호는 군말 없이 따랐다.

연경도 마찬가지였고, 단문영도 이번만큼은 고집을 내세
우지 않았다. 마을을 나서서 나선 무린은 군말 없이 다시 달
리기 시작했다.

반나절을 더 달리고 해가 떨어질 때쯤 무린은 작은 야산에

도착할 수 있었다. 마찬가지로 능숙하게 김연호와 연경이 준비를 하러 떠났고, 무린도 자리를 점검했다.

이 각 만에 나타난 둘이 무린이 지펴놓은 모닥불에 고기를 올리고, 잠시 휴식들을 취했다. 따닥, 따닥 나무가 타고 지글지글 고기가 있는 소리만 들리기를 일 각.

"비천대가 아직 장백산에 있을까요?"

단문영이 조용히 물어왔다.

무린은 그 질문에 고개를 끄덕였다.

"있을 것이다. 아마 내 수하가 연통을 먼저 보냈을 테니."

운삼이라면 비천대와 무린을 합류하게 하기 위해 장백산으로 연통을 보냈을 것이다.

길림이나 요녕이나 쑥대밭이 됐지만 충분히 그 난리통 속에서도 연통을 보낼 능력이 운삼에게는 있었을 것이다.

지금쯤이면 충분히 무린보다 먼저 도착해, 무린이 가고 있다는 것을 비천대에 알렸을 것이다. 어디 다른 데로 떠났다고 해도 사람을 남겨두었을 공산이 크다.

먼 길을 돌아 여기까지 온 무린이니 설령 연통이 도착하지 않았다 하더라도 그렇게 믿고 싶었다.

"비천대와 합류하면… 무엇을 먼저 하실 생각인가요?"

"준비다."

"준비… 요?"

"그래, 준비."

무린은 눈을 빛냈다.

준비에는 여러 가지의 준비가 있지만 무린이 생각하는 준비는 일단 두 가지로의 분류다.

하나는 마녀에 대한 의중을 묻는 것.

만약 빠지겠다고 한다면 무린은 군말 없이 놔줄 것이다. 그렇게 이번으로 끝이 아닌 다음까지 같이 부대를 꾸릴 생각이었다.

물론, 어떠한 차별도 주진 않을 것이다.

솔직히 모여주기만 한 것도… 감사할 뿐이다.

두 번째 준비는 바로 무력이다.

지금의 비천대, 강하다. 분명히 강하다. 하지만 아직 이 정도로는 부족하다고 생각했다.

'더 이상의 희생자는… 이제 내가 용납 못한다.'

단 시간에 무력을 끌어올릴 수 있는 방법은 사실 없다. 하지만, 어떤 것을 배움으로써 강해질 수 있는 방법은 있었다.

'장무개가 준 이것만 제대로 익힌다면 충분히 강해질 수 있을 것이다.'

장무개는 갈 때 무린에게 서책 하나를 은밀히 맡겼다.

그건 동굴을 통해 심양을 나갈 때 은밀히 전해졌다. 무린이 눈치채지도 못하게 가슴속에 넣었다.

어, 하고 놀랐지만 머릿속을 울리는… '전음'이라는 방법
에 무린은 급히 냉정을 되찾았다.

서책에 대해서는 아무것도 말하지 말라던 그 전음에 무린
은 장무개에게 이게 무엇이냐고 묻지 않았다.

오는 내내 틈틈이 시간이 날 때마다 서책을 확인한 무린은
이게 무공이 적힌 심법은 아니라는 것을 알았다.

하지만, 무리를 담은 서책임은 알 수 있었다.

어떠한 기술이 적힌 서책이 아닌 싸우는 방법이 담긴 서책
인 것이다.

특히 단체로 합격진을 짜는 것과 진형을 만들어 쓰는 데는
더할 나위 없이 좋은 방법들이 적혀 있었다.

무린은 이걸로 최소 한 달간은 비천대를 단련할 생각이었다.
특히 가장 중점을 둘 것은 개인 무력과, 단체 합격진이었다.

제대로만 익혀 낸다면… 최소, 지금보다 반 이상은 비천대
가 강해질 것이란 걸 무린은 알 수 있었다. 높아지는 경지를
통해 그 내용이 제대로라는 것을 깨달은 것이다.

"하지만 단시간에 가능할까요?"

"충분히 가능하다."

단문영의 의구심 섞인 말에 무린은 단호하게 대답했다. 소
향의 말에 장무개는 무린이 한명운 선생이 찍은 몇몇의 인재
중에 하나라는 것을 알았고, 아무 망설임 없이 무리가 담긴

서책을 전해줬다.

그건 무린을 그가 마음에 들어 한 것도 이유고, 앞으로를 대비해 좀 더 강해졌으면 하는 바람에 따라준 것이다.

그래서 의심의 여지는 없었다.

"그럼 저도 준비해야겠네요. 장백산에… 제가 바라는 것이 있기를 바라야겠는걸요."

"무슨 준비를? 아… 그렇군."

무린이 이해했다는 듯이 고개를 끄덕였다. 단문영의 출신을 생각하니 그녀가 무엇을 준비할지 금방 답이 나왔다.

바로 독이다. 전문적인 독공을 익히지는 않았다. 하지만 독을 제조하고, 하독하는 방법은 필시 알 것이다.

혼심독주인 그녀이니 충분히 일리가 있었다.

"혹시, 비천대는 독을 취급 안하나요?"

"설마."

무린은 고개를 저었다.

독.

북방에서는 소지하고 있는 것만으로도 즉결처형이었다. 그게 언제 어떻게 써질지 모르기 때문이었다.

가장 많이 쓰이는 암상 방법 중에 하나가 바로 음식에 독을 타는 것이다. 누가 지나가다 스윽, 하독하기만 해도 그 음식을 먹은 자는 곧바로 황천행이었다.

그러니 소지 자체만으로도 엄중한 벌을 받았다.

그런데도 없어서 못 썼다.

하독이라는 것이 바람의 방향을 생각하고 사용해야 하기 때문에 까다롭기 그지없지만 익히기만 하면 그것보다 좋은 구명의 수도 없었다.

특히 즉각적인 효과가 나오는 독은 더욱 인기가 좋았다.

그중에서도 마비독은 그야말로 북방 그곳의 기준으로 천문학적인 거금으로 거래된다. 그리고 실제로 무린도 두어 번 산 적이 있었다.

결과, 그 독은 훌륭하게 무린을 구했었다. 그러니 무린은 독이라는 것에 대한 거부감이 없었다.

물론, 혼심은 예외다.

"잘 됐네요."

싱긋 웃는 단문영.

오랜만에 묘한 웃음기가 아닌, 진심으로 환한 미소였다. 자신이 도움이 될 수 있다는 사실 때문인 것 같았다.

'......'

그런 그녀를 무린은 이번에는 단문영과는 반대로 묘한 웃음을 짓고 바라봤다.

이제는 마치 정말 한 편, 동료처럼 행동하는 단문영이었다.

실제적인 관계는 당연히 적이다.

그것도 어쩌면… 불구대천지수다. 서로가 한 하늘을 이고는 결코 같이 살아 갈 수 없는 존재여야 했다.

그런데도 단문영은 그 관계를 깨뜨리려 하는 것 같았다.

"이제와서 한 번 물어보자. 그래, 지금까지 나와 한 동행은 어땠나? 당신이 보고 싶었던 것은 보았나?"

"……."

무린의 질문이 의외였을까?

눈을 동그랗게 뜨고 무린을 바라보고 있었다. 김연호와 연경도 단문영을 주시했다. 둘도 이제는 안다. 단문영이 무린이 죽인 만독문 소가주 단문석의 동생이라는 것을.

이름에서부터 유추가 가능하고, 중원인과는 다른 피부색에서도 유추가 가능했다. 좀 전처럼 독이라는 것에서도 유추가 가능했다.

대체 적을 왜 옆에 두는가.

그게 의문이지만 무린이 하는 일이고, 대화에서도 어느 정도 이유가 설명이 됐기에 잠자코 있었다.

물론 둘이 보기에는… 단문영의 외모와 성정이 지극히 맑아 보이는 것도 한몫 단단히 했다.

그랬기 때문에 지금 단문영의 대답을 주시했다.

"조금… 봤어요."

"어느 쪽으로?"

"좋은 쪽으로요."

"……."

처음 대답은 조금 망설이더니 두 번째 무린의 질문엔 곧바로 거침없이 답이 나왔다. 진정 사실이기에 그만큼 자신이 있어 나온 대답이니 망설일 게 없었기 때문이다.

무린은 가만히 다시 단문영을 바라봤다.

저 말은 곧, 자신의 잘못을 인정하는 것과 같았다.

좋은 쪽이라는 단문영 본인의 기준으로 보았을 때 무린의 성정과 행동이 옳다는 것을 돌려 말한 것이다.

그건 반대로 자신의 행동이 잘못됐다는 것도 뜻한다.

단문영은 무린에게 천명론을 거론했다.

깊게 열린 상단전을 통해 느낀 그대로.

'이 여인은 남들과는 다르게 제육차원적인 것을 느끼겠지.'

흔히 말하는 육감이다.

보통 사람은 육감이라는 것을 간단하게 '감' 이라는 단어에 더 치중을 둔다. 하지만 그 앞에 육 자를 빼놓아서는 안 된다.

인간이 정보를 받아들이는 시각, 청각, 후가, 미각, 촉각의 오감을 넘어선 초월적인 게 바로 육감이다.

육감은 상단전이라는 곳을 통해 뇌가 자체적으로 받아들이기 때문이다. 그렇기 때문에 단문영은 이미 범인에서는 한참이나 멀어졌다.

'그러니 이해도 빠르고 잘못을 깨닫는 것도 빨라.'

누가 적을 이해하겠나.

누가 원수가 좋은 사람이고, 자신이 나쁜 사람이라 인정하겠나.

그것만 봐도 단문영은 이미 다른 사람과는 충분히 달랐다. 물론 그렇다고 무린이 깨끗하다는 것도 아니다.

'물론 나도 깨끗한 놈은 아니지만……'

자신의 정의를 위해서 남을 죽이는 무린이니, 사실 말 할 것도 없었다.

그러나 옳고 그른 것, 보편적인 행동의 기준을 따졌을 때… 충분히 무린은 선이다. 그의 행동은 지키는 것이기 때문이다.

어지럽히는 게 악이라면, 단문석이 악이었다.

무린이 처단했고, 그 복수를 위해 단문영은 무린을 죽이려 했다. 보통 방법으로는 어림도 없으니… 자신이 가진, 하나밖에 없는 불가해의 무공을 사용했다.

자신의 목숨까지 걸고.

"여태 느낀 당신… 진무린 이라는 인간은 결코 착하지는 않아요. 자신 스스로의 기준과 원하는 것을 위해 움직이는 이기적인 인간이기도 해요. 하지만… 악하지도 않아요. 그리고 행동들은 내 기준으로도, 남들이 가진 보편적인 기준으로 보았을 때도… 너무나 옳기만 해요."

담담히 인정하는 단문영의 말에 무린은 아무런 대답도 하지 않았다. 저 말이 딱 맞다. 무린은 이기적이다.

하지만 그럼에도 '악(惡)'이 될 수 없는 건 역시 흐르는 피와 스승인 문인, 형님인 중천의 영향이 컸다.

그들이 기준이 된 것이다.

그러니 단문영은… 혼란스럽다. 그러나 그 혼란스러움을 이겨내고, 정의를 내린 것이다. 대단한 여자였다.

"그럼 이제 돌아가는 건 어떤가?"

그렇다고 무린은 단문영의 존재가 썩 좋아진 것도 아니었다. 언제든 자신을 터뜨릴 화탄같은 존재가 바로 단문영이기 때문이다.

"아니요. 그건 싫어요."

그러나 역시 단문영은 단칼에 거절해 버렸다.

무린의 인상이 찡그려지자 단문영이 예의 그 미소를 짓고는 그 이유를 설명했다.

"마녀를… 만나지 않았다면 아마 못 느꼈을 거예요. 나는… 당신 곁에서 할 일이 있어요. 그건 분명히 확신할 수 있어요."

"단순히 생각한 게 아니라… 느꼈다고?"

"네, 마녀를 보고 난… 직후. 내가 당신에게 천명을 거론했을 때부터 지금까지… 쭈욱 느끼고 있어요."

"……"

천명이라는 것은 곧 운명이나 다름없다.

예전이라면 결코 믿지 않았을 것이다.

무린은 현실적이기 때문에 결코 저런 것들을 믿지 않았으니까. 하지만 지금은… 믿을 수 있다.

모든 것이, 이제는 믿으라고 말하고 있었기 때문이다.

"나와… 당신이 만나는 게 운명이란 말이지."

"아마도요……. 정확히는 당신과 내가 해야 할 일이… 멀지 않은 훗날 있을 거라는 운명이에요."

하지만 적으로 만나 대체 무엇을?

연인 관계? 결코.

그건 결코 이루어질 수 없었다.

이미 무린은 마음속에 자리 잡고 있는 사람이 '있음을' 스스로 알고 있었다. 아주 명확하고 확실하게 깨닫고 있었다.

누굴까? 당연히 려다.

그녀가 보여주었던 호의실린 행동은 이미 충분히 무린을 움직였다. 그렇기 때문에 단문영은 결단코 무린의 가슴속에 들어올 수 없었다. 물론, 단문영도 마찬가지였다.

그녀는 이야기 속 주인공처럼 적을 사랑하는 여인이 아니다. 그저 남들이 느끼지 못하는 것을 느끼고… 무린의 곁에 있을 뿐이다.

자신이 훗날… '무린'과 해야 할 일이 있음을 느끼고.

무거운 대화가 오가서 였을까.

"대주, 고기가 탑니다."

툭 내뱉은 연경의 말이 분위기를 싹 씻어 버렸다. 참으로 시기적절한 분위기에 말한 연경이었다.

그 한마디가 어색하고 무겁던 분위기를 깨버렸으니 말이다. 그렇다고 분위기가 확 밝아진 것은 아니었다.

그렇게 시간이 흘러 달이 떴다 내려오고, 해가 다시 떠오르자 무린은 일찍 다시 출발을 했다. 이틀을 더 달렸을 때, 일행들의 시야에 저 멀리, 장백산의 봉우리가 점차 보이기 시작했다.

반나절을 더 달렸을 때, 너무나 신령스러운 장백산이 그 위용을 드러내고 무린 일행을 맞이했다.

산 초입에 도착한 무린은 그토록 만나고 싶었던 이들을 만날 수 있었다. 관평, 장팔. 그리고 백면을 포함한 비천대의 조장들이었다.

얼굴에 웃음이 가득, 저도 모르게 피는 무린이었다.

『귀환병사』10권에 계속…

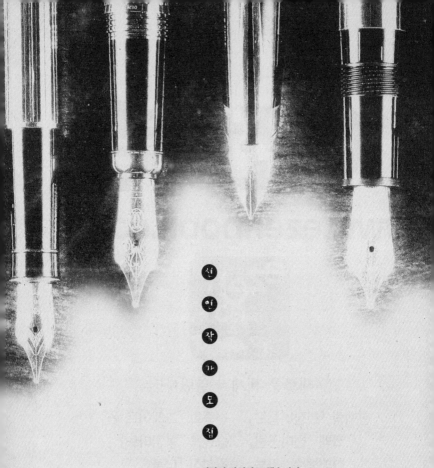

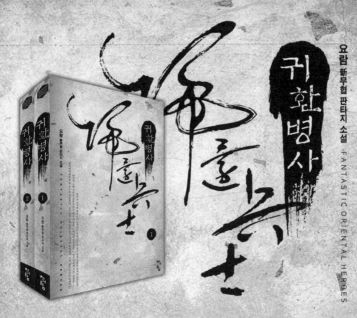

요람 新무협 판타지 소설
FANTASTIC ORIENTAL HEROES

귀환병사

국내 최대 장르문학 사이트를 휩쓴 화제작!
여름의 더위를 깨뜨리려 차가운 북방에서 그가 온다.

『귀환병사』

열 다섯 나이에 북방으로 끌려갔던 사내, 진무린
십오 년의 징집을 마치고 돌아오다.

하지만 그를 기다린 것은 고아가 된 두 여동생, 어머니의 편지였다.
그리고 주어진 기연, 삼륜공……

"잃어버린 행복을 내 손으로 되찾겠다!"

진무린의 손에 들린 창이 다시금 활개친다.
그의 삶은 뜨거운 투쟁이다!

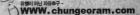

FUSION FANTASTIC STORY

마스터K

김광수 현대 판타지 장편 소설

세상천지에 의지할 곳 하나 없는 천재 소년 강민,
그의 치열한 생존 투쟁기.

설악산 사기꾼 양 도사에게 낚인 3년의 세월.
비를 눈물 삼아 밥 말아 먹었던 순수했던(?) 영혼 강민이
강남 한복판으로 나왔다.
그가 펼쳐내는 한 편의 대장편 드라마.
럭셔리 마이 라이프를 위해 대한민국
최고 명문 고등학교에 입학하게 되는데……

"돈! 명예! 사랑 다 내거야! 옵션으로 가늘고 길게 살다 가겠어!
내 앞을 막아서는 모든 걸 부숴 버릴 거야!"
이글이글 타오르는 강민의 눈빛.

행복과 고통이 교차하는 정해지지 않은 고난의 행군.
그 미래 속에서 소년 강민의 거침없는 발걸음이 당당하게 세상을 향해 전진한다.
절대자의 이름, 마스터 K라 불리며……

Book Publishing CHUNGEORAM
유행이아닌자유추구-
WWW.chungeoram.com

FANTASTIC ORIENTAL HEROES

용훈 新무협 판타지 소설

무림공적, 천살마군 염세악!
검신 한호에게 잡혀 화산에 갇힌 지 백 년.

와신상담… 절치부심… 복수무한…

세월은 이 모든 것을 잊게 하고
세상마저 그를 잊게 만들었다.
하지만.

"허면 어르신 함자가 어찌 되시는지……"
우연한 만남, 자신도 모르게 튀어나온 원수의 이름.
"그게… 한, 한호일세."

허무함의 끝에서 예기치 않게 꼬인 행로.
화산파 안[in]의 절세마인, 염세악의 선택!

Book Publishing CHUNGEORAM

www.chungeoram.com

FUSION FANTASTIC STORY
건(建) 장편 소설
컨트롤러
Controller
세상에게 당한 슬픔,
약자를 위해 정의가 되리라!
『컨트롤러』
부모님의 억울한 죽음.
더러운 세상에 희롱당해
무참히 희생당한 고통에 분노한다!
"독하게… 살아가리라!"
우연한 기회를 통해 받은 다른 차원의 힘.
억울함에 사무친 현성의 새로운 무기가 된다.
냉정한 이 세상을 한탄하며,
힘조차 없는 약자를 대변하고자
내가 새로운 정의로 나서겠다!
Book Publishing CHUNGEORAM
유행이 아닌 자유추구 -
WWW.chungeoram.com

이휘 판타지 장편 소설

이안
레이너

끊어진 가문의 전성기.
무너진 영광을 다시 일으킨다!

「이안 레이너」

백인대장으로 발령받은 기사, 이안
부하의 배신으로 인해
낯선 땅에 침범하게 된다.

"살고 싶다… 반드시 산다!"

몬스터들이 우글거리는 척박한 환경에서
새로운 힘을 접하게 된다.

명맥이 끊겼던 가문의 영광!
다시 한 번 그 힘을 이어받아,
과거의 명예를 되찾으리라!

Book Publishing CHUNGEORAM

유행이 아닌 자유추구 -
WWW.chungeoram.com